홍계월전

계집아이에게 사내 옷을 입히면 운명도 알아보지 못할 것이니

17

홍계월전

계집아이에게 사내 옷을 입히면 운명도 알아보지 못할 것이니

전국국어교사모임 기획·이정원 글·이수진 그림

Humanist

'국어시간에 고전읽기' 시리즈를 펴내며

고전을 읽어야 한다는 가르침은 어릴 때부터 귀가 따가울 만큼 들었다. 그러나 몸소 이를 따르는 사람은 흔치 않다. 종종 고전을 가까이하는 사람들이 있는데 이들은 대체로 삶을 헛되이 보내지 않고 훌륭한 일을 이루어 세상에 뚜렷한 이름을 남겼다. 고전 안에 그만큼 값진 속살이 들어 있기 때문이다.

고전이 이처럼 깊은 가치를 지녔는데 어째서 고전을 읽는 사람은 흔치 않을까? 아마도 고전이 사람을 쉽게 끌어당겨 주지 않기 때문일 것이다. 고전은 우리에게 섣불리 손짓을 하지도, 눈웃음을 치지도 않는다. 고전은 끈기를 가지고 파고들어 오는 사람에게만 마지못한 듯이 웃음을 지으며 속내를 털어놓는다. 고전은 요즘보다 훨씬 무뚝뚝하던 옛날에 이루어진 삶이며 글이기 때문이다.

그래서 우리는 청소년들이 고전을 즐겨 읽을 수 있도록 마음을 다하였다. 뻣뻣하고 까칠한 고전을 달래서, 부드럽고 친절하게 청소년을 끌어당기도록 손을 쓰고 공을 들였다. 멋없이 무뚝뚝하던 고전을 정성껏 매만져서 두 팔을 활짝 벌리고 청소년들을 끌어안을 수 있도록 탈바꿈하였다.

고전은 이제 온전히 겉모습을 바꾸어 청소년들을 맞이할 것이다. 자칫 속살까지 탈바꿈한 것처럼 보일지 몰라도 책을 읽다 보면 예스러운 고전의 맛과 멋을 한껏 느낄 수 있을 것이다. 우리는 무엇보다도 고전이 고전다운 속내와 뼈대를 온전하게 지니도록 하는 데 힘을 쏟았다.

고전은 시공간을 뛰어넘고, 나라와 겨레를 뛰어넘어 세상 모든 사람에게 큰 울림을 준다. 《시경》, 《탈무드》, 《오디세이아》, 셰익스피어와 괴테의 작품이 세상 모든 이에게 가르침을 주듯이, 우리의 고전도 모든 이에게 값진 가르침을 줄 것이다. 가르침이 서로 다르기는 하지만 높낮이가 있는 것은 아니다. 그러므로 세상 고전을 두루 읽어야 하는 것이나, 우리는 우리네 고전부터 읽는 것이 마땅한 차례다.

이런 뜻으로 전국국어교사모임에서 '국어시간에 고전읽기' 시리즈를 펴낸 지 십 년이 되었다. 누구나 두루 즐기며 읽을 수 있도록 쉽게 풀어 쓰고 맛깔나고 재미있는 작품으로 재창조하려고 무던히도 애썼다. 다행히도 많은 독자로부터 분에 넘치는 사랑을 받았고, 우리 고전을 가까이하고 즐기는 청소년들이 많이 늘어 고마울 따름이다.

지난 십 년처럼 묵묵하게 이 시리즈를 이어 갈 생각으로 첫 마음을 되새기며 글과 그림을 더하고 고쳐 좀 더 새로운 얼굴의 우리 고전을 세상에 다시 내놓으려 한다. 이 책을 통해 우리 청소년들이 풍성하고 가치 있는 고전의 바다에 풍덩 빠질 수 있기를 기대해 본다.

2012년 11월
전국국어교사모임

《홍계월전》을 읽기 전에

몇 백 년 전의 소설을 읽는 일은 따분할 것만 같습니다. 단어도 어렵고, 말투도 익숙하지 않기 때문이지요. 더구나 착한 사람은 복을 받고 악한 사람은 벌을 받는다는 결말이 너무나 뻔해서 별로 재미가 없을지도 모릅니다. 하지만 《홍계월전》은 그렇지 않습니다. 이 소설은 겉으로 보기에 행복한 결말로 끝나지만 그렇게 고리타분한 작품은 아닙니다. 책의 첫 장을 열고 몇 문장을 읽어 보면 곧 이 작품의 매력을 느낄 수 있을 것입니다. 그 첫 번째 매력은 바로 '문체'입니다. 청소년의 눈높이에 맞춰 다듬어진 단어와 문장에서 예스러운 멋을 느낄 수 있을 것입니다.

《홍계월전》의 두 번째 매력은 바로 '재미'입니다. 이 책은 《홍계월전》이라는 유명한 옛 소설을 다듬은 작품입니다. 《홍길동전》 이후에 다양한 한글 소설이 쏟아져 나왔는데, 가장 인기가 있었던 것이 영웅 소설이었습니다. 영웅 소설에선 몰락한 가문의 주인공이 등장하여 역경을 딛고 성공합니다. 처절한 슬픔에 몸부림치던 주인공이 당당하게 영웅의 자리에 오르기까지, 여러분은 마치 자신의 일인 양 주인공의 슬픔과 환희를 함께 느끼게 될 것입니다.

그런데 《홍계월전》에서는 주인공으로 '홍계월'이라는 '여성'이 등장합니다. 이 점은 《홍계월전》의 재미를 더욱 돋보이게 합니다. 단순히 신나는 이야기가 아니라, 고뇌에 찬 이야기가 될 수도 있기 때문입니다. 영웅 소설에서 주인공들은 전쟁에서 승리합니다. 남성 영웅들은 이러한 승리를 만끽하여, 벼슬이 높아지고 아름다운 부인을 여럿 둡니다. 부모님께 좋은 집과 명예를 선물합니다. 자식을 낳으면 효자요 충신이고 잘생겨서 모두 아버지처럼 됩니다.

그러나 홍계월은 그렇지 않습니다. 홍계월도 다른 남성 영웅들처럼 전쟁터에서 수많은 오랑캐와 싸워 승리하지만 여성이었던 탓에 완전한 영웅이 되지 못합니다. 오히려 전쟁에서 승리할수록 진정한 남자가 되지 못한 아픔이 깊어질 뿐이었습니다.

　　홍계월에게 전쟁은 어떤 의미가 있었을까요? 어쩌면 그녀에게 진정한 전쟁터는 오랑캐와 칼을 맞부딪치는 들판이 아니라, 자신이 여성임을 한탄하는 방안이었을지도 모르겠습니다.

　　우리는 살면서 수많은 실패와 성공을 경험하게 됩니다. 성적이 오를 수도 있고, 멋진 친구를 사귈 수도 있습니다. 그렇지 못할 수도 있겠지요. 어떤 사람은 한 번의 실수나 승리에 인생을 거는 어리석음을 보이기도 합니다. 과연 인생은 그렇게 단순하기만 할까요? 우리는 성공과 실패를 겪으며 자신이 누구인지 알거나 만들어 갈 수 있게 됩니다. 《홍계월전》을 읽으며 홍계월이 어떤 인생을 살았는지 들여다봅시다. 박진감 넘치는 칼싸움과 승리 뒤편의 쓸쓸함 속에서 여러분은 소설 읽기의 재미를 맛볼 수 있을 것입니다.

2015년 6월
이정원

차례

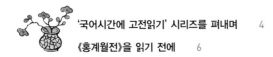

이제는 다시
  펑국으로 살지 못하리라.

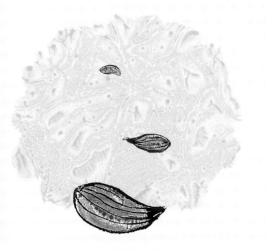

나의 비밀은 사라졌고,
영웅의 시절도 끝이 났구나!

사내 옷을 입은 계집아이

화설, 명나라 때 형주 구계촌에 한 사람이 있었는데, 성은 홍이요 이름은 무였다. 홍무는 이름난 집안의 후예로, 어린 나이에 과거에 급제하여 벼슬이 이부시랑에 이르렀다. 시랑의 성품이 강직하고 충성심이 깊어서 천자의 사랑을 받아 자주 나랏일을 의논하니, 뭇 벼슬아치들이 이를 시기하였다. 마침내 시랑이 모해를 받아 벼슬자리에서 쫓겨나 고향에 돌아와 농사를 짓게 되니, 점점 집안은 부유해졌으나 슬하에 자식이 없어 매일 슬퍼하였다. 하루는 시랑이 부인 양씨와 더불어 탄

* **화설(話說)** 고소설에서 이야기를 시작할 때 쓰는 상투적인 말. '이야기하자면'이란 뜻.
* **시랑(侍郎)** '이부시랑(吏部侍郎)'의 줄임말로, 여기서는 '홍무'를 가리킨다. 고소설에서는 상투적으로 벼슬로 사람을 가리킨다.

식하였다.

"우리가 나이 사십에 자식이 없으니, 죽은 뒤 제사는 어찌하고 지하에 돌아가서는 조상을 어찌 뵙겠소?"

부인이 앉은 자리를 물리쳐 내려 앉으며 말하였다.

"온갖 불효 중에서도 으뜸은 자식이 없는 것이라 합니다. 첩이 이 가문에 들어온 지 벌써 이십여 년이 지났음에도 아직 자식이 없으니 무슨 면목으로 상공을 뵙겠습니까? 엎드려 바라옵건대 상공께서 다른 가문의 어진 숙녀를 얻어 후손을 보시면 저도 칠거지악을 면할까 합니다."

시랑이 위로하여 말하였다.

"이는 다 나의 팔자지 어찌 부인의 죄라 하겠소. 다시는 그런 말씀을 마오."

하루는 부인이 구월 보름 즈음에 시비를 데리고 망월루에 올라 달

• **칠거지악**(七去之惡) 봉건 사회에서 부인을 쫓아낼 수 있는 이유가 되었던 일곱 가지 악행.
• **시비**(侍婢) 곁에서 시중을 드는 여자 종.

빛을 구경하는데 갑자기 몸이 노곤해졌다. 부인이 난간에 기대어 잠깐 조는데, 꿈인지 생시인지 아련한 가운데 하늘 문이 열리며 한 선녀가 내려왔다. 선녀는 부인께 두 번 절하고는 아뢰었다.

"소녀는 옥황상제의 시녀이온데 상제께 죄를 지어 인간 세계로 쫓겨나게 되었습니다. 어디로 가야 할지 몰라 하자 부처께서 부인 댁으로 가라 하옵기에 왔나이다."

선녀는 말을 마치자마자 부인의 품속으로 뛰어들었다. 부인이 놀라 깨달으니 평생 바라던 태몽이었다. 부인이 매우 기뻐 시랑을 청하여 꿈 이야기를 이르고 자식 보기를 바랐다.

과연 그달부터 태기가 있어 열 달이 차자, 하루는 집 안에 향기가 진동하였다. 부인이 몸이 노곤하여 잠자리에 누웠다가 아이를 낳았다. 여자아이였다. 선녀가 하늘에서 내려와 옥으로 만든 병을 기울여 향기 나는 물로 아기를 씻겨 눕혔다.

"부인은 아기를 잘 길러 후일에 복을 받으소서."

선녀는 나가면서 다시 말하였다.

"오래지 않아 다시 뵈올 날이 있을 것입니다."

그러더니 문득 간 데가 없었다. 부인이 시랑을 청하여 아이를 뵈니, 얼굴이 복숭아꽃 같고 향기가 진동하니 월궁항아와 같았다. 부부의 기쁨을 측량할 수 없었으나 사내아이가 아님에 한탄하였다. 부부는 아이의 이름을 계월이라 하고 보물같이 사랑하였다.

계월은 점점 자라면서 얼굴이 화려해지고 또한 영민해졌다. 재주가 있는 사람은 하늘이 시기한다고 세상에서 말하므로 시랑은 계월의 앞날이 염려되었다. 그래서 하루는 곽 도사라는 사람을 청하여 계월의 얼굴을 보였다. 도사가 얼굴을 이윽히 들여다보고는 말하였다.

"이 아이의 얼굴을 보니, 다섯 살에 부모를 이별하였다가 열여덟에 다시 만나 높은 벼슬을 누릴 것이며 천하의 으뜸으로 이름을 날릴 것이니 아주 길하오!"

시랑이 부모와 헤어진다는 말을 듣고 놀라 말하였다.

"좀 더 명백히 가르쳐 주옵소서."

"그 밖에는 아는 일이 없고 천기를 누설치 못하므로 대강 말하였소이다."

도사는 말을 마치고는 하직하고 가 버렸다. 시랑은 도사의 말을 들

• 월궁항아(月宮姮娥) 달나라 궁전에 사는 항아. 항아는 선녀의 이름으로, 아름다운 여인을 비유하는 말.
• 초당(草堂) 집 안에 본채의 곁에 풀로 지붕을 이어 지은 건물.

은 것이 오히려 듣지 않은 것만도 못하였다. 이 어린 것이 다섯 살에 우리를 이별하고 고생을 한다니 과연 정말일까? 부인도 시랑의 말을 듣고 어쩔 줄 몰라 잠을 이루지 못하였다.

몇 날 며칠을 고민한 끝에 부부는 묘한 방법을 하나 생각해 내었다. 계집아이에게 사내 옷을 입히면 운명도 알아보지 못할 것이다! 시랑과 부인은 계월에게 사내 옷을 입혀 초당에 두었다. 집안사람들에게도 사내아이처럼 대하게 하였다. 그러고는 여느 계집애들처럼 바느질을 가르치는 대신 사내애들처럼 글을 가르치니, 계월은 한번 배운 것은 결코 잊지 않았다. 계월의 재주에 놀라 시랑이 한탄하였다.

"네가 만일 남자로 태어났다면 우리 집안을 빛내었을 텐데, 애달프구나!"

세월이 물처럼 흘러 계월의 나이가 다섯 살이 되었다.

하루는 시랑이 친구 정 도사를 보려고 집을 나섰다. 원래 정 도사는 황성에서 시랑과 함께 벼슬했

던 제일 친한 벗이었는데, 수십 년 전에 간신배들의 참소를 받아 벼슬을 하직하고 호계촌에 돌아와 살고 있었다. 호계촌까지는 무려 삼백오십 리 길이었다. 시랑이 여러 날 만에 호계촌에 다다르니 정 도사가 시랑을 보고 문밖에 나와 손을 잡고 크게 기뻐하였다. 두 사람은 서로 마주 앉아 오랫동안 쌓인 회포를 풀었다.

"이 몸이 벼슬을 하직하고 이곳에 돌아와 자연을 벗 삼아 세월을 보내되 다른 벗이 없어 언제나 적적했는데, 뜻밖에 시랑이 천 리를 멀다 하지 않고 이렇게 버림받은 몸을 찾아 위로하여 주시니 참으로 감격스럽소이다."

시랑이 정 도사의 집에서 사흘을 지내며 즐기다가 다시 집으로 길을 나섰다. 돌아오는 길에 북촌이란 동네에 이르자 날이 저물었다. 주막에서 하룻밤을 보내고 이튿날 새벽에 떠나려 하는데 멀리서 징과 북 소리가 들리며 함성이 진동하고 땅이 울렸다. 시랑이 놀라 바라보니 많은 사람들이 쫓겨 오고 있었다. 시랑이 급히 물으니 어떤 사람이 말하였다.

"북방 절도사 장사랑이 양주 목사 주도와 협력하여 십만 군사를 일으켜, 성주에 있는 구십여 성을 항복받고 기주 자사 장기덕의 목을 베고 지금은 황성을 범하였소. 백성들을 무수히 죽이고 재산을 노략하기에 살 길을 찾아 피란하는 사람이 헤아릴 수 없을 정도라오."

시랑이 이 말을 듣자 정신이 아득해졌다. 시랑이 놀랍고 두려워서 도적을 피해 산으로 들어가며 부인과 계월을 생각하여 슬피 우니, 그 모습이 가련하더라.

이날 밤에 부인은 시랑이 돌아오기를 기다리다가 문득 요란한 소리에 놀라 깨었다. 시비 양윤이 들어와 북방의 도적이 천병만마를 몰아들어오며 백성들을 무수히 죽이고 노략하니 어찌하느냐고 아뢰었다. 부인이 크게 놀라 계월을 안고 통곡하였다.

"이미 시랑은 길에서 도적의 모진 칼에 맞아 죽었겠구나!"

부인이 자결하려고 하자 곁에 있던 양윤이 막으며 말하였다.

"아직 시랑의 생사도 모르는데, 어찌 이렇게 함부로 하시나이까?"

부인이 그 말을 옳게 여겨 겨우 마음을 진정하고, 계월을 양윤의 등에 업히고 남쪽으로 향하였다.

십 리를 가자 큰 강이 길을 막았다. 부인이 절망하여 하늘을 우러러 통곡하였다.

"지금 도적이 급히 쫓아오고 있으니 차라리 이 강물에 빠져 죽으리라!"

부인이 계월을 안고 물에 뛰어들려 하자 양윤이 붙들었다. 어찌하여 하늘은 이토록 가혹하단 말이냐! 부인과 양윤이 계월을 부둥켜안고 같이 울었다. 밤바람은 차고 부인과 양윤의 눈물은 뜨거웠다. 두 사람이 한참 우는데 문득 북쪽에서 뭐라 외치는 소리가 들렸다. 부인은 도적이 오는가 싶어 놀라 엎드렸다. 그때 어두운 강물 위로 웬 사

● **북방 절도사**(北方節度使) 북쪽 지역을 방어하였던 지역 사령관.
● **자사**(刺史) 중국 한(漢)나라 때, 지방을 감독하기 위해 파견된 고급 벼슬아치.
● **천병만마**(千兵萬馬) 천 명의 군사와 만 마리의 말. 많은 군대를 이르는 말.

람이 나뭇잎처럼 작은 배를 타고 오며 외쳤다.

"부인은 잠깐만 참으소서!"

잠깐 사이 배가 강가에 닿았다. 부인이 갈대숲에서 머리를 들어 보니 희미한 달빛에 하얀 저고리와 치마가 반사되었다. 두려움이 잦아들었다.

"부인은 겁내지 말고 어서 배에 오르십시오."

어린 계월이 엄마의 치맛자락을 잡고 일어섰다. 양윤은 눈을 동그랗게 뜨고 부인을 바라보았다. 부인은 머뭇거릴 수 없었다. 이제 곧 새벽이 오면 도적들에게 발각될 것이었다. 부인은 양윤과 계월의 손을 한 손씩 잡았다. 세 사람이 아무 말도 하지 않고 배에 다가갔다. 여인은 계월을 안아 올렸다. 멀리서부터 불어온 바람이 부인의 볼에 차갑게 부딪쳤다. 여인은 치맛자락을 바람에 날리며 배를 젓기 시작하였다. 강가에서 배가 멀어지자 여인이 입을 열었다.

"부인은 소녀를 알아보시나이까? 소녀는 부인께서 해산하실 적에 찾아갔던 선녀입니다."

부인이 정신을 차려 자세히 보고 그제야 깨달았다.

"우리는 하잘것없는 인간이라 눈이 어두워 몰라보았습니다! 그때에 누추한 자리에 왔다가 총총 이별한 뒤로 생각이 간절하여 잊을 날이 없었는데, 오늘 여기서 만나 보니 다행입니다. 또한 물에 빠져 죽을 사람을 구하시니 무어라 감사의 말씀을 드리며, 이 은혜를 어찌 다 갚으리오?"

선녀가 말하였다.

"소녀는 동빈 선생을 모시러 가는 길이었는데, 만일 더디 왔더라면 구하지 못할 뻔하였습니다."

말을 마치자 선녀는 낮고 부드러운 소리로 노래를 부르며 배를 저었다. 선녀의 목소리가 엄마의 치맛자락을 잡은 계월을 아늑하게 감쌌다. 배는 빠르기가 쏘아 놓은 화살과 같았다. 순식간에 배는 강 건너편에 닿았다. 선녀는 강변에 배를 대고 내리기를 재촉하였다. 부인이 배에서 내려 무수히 치사하니 선녀가 말하였다.

"부인은 삼가 몸을 지키어 소중하게 여기소서."

말하는 선녀의 입가엔 온화한 미소가 감돌았으나 눈빛은 흔들렸다. 이미 날은 밝았다. 선녀가 배를 저어 가니 그 가는 바를 알 수 없었다.

부인이 공중을 향해 무수히 사례하고 갈대밭 속으로 들어가며 살펴보니, 출렁이는 물결은 만 겹이요 높이 솟은 봉우리는 천 개나 되었다. 과연 어디로 가란 말이냐? 부인은 정신이 아득해졌다가 옆에서 계월이 배가 고프다고 칭얼거리는 소리에 퍼뜩 정신이 들었다. 부인과 양윤이 계월의 손을 잡고 시냇가를 따라 먹을 것을 찾아 나섰다. 세 사람이 두루 다니며 칡뿌리도 캐어 먹고 버들강아지도 훑어 먹으며 겨우 정신을 차려 점점 들어가니 한 정자가 있었다. 가까이 가서 현판을 보니 '엄자릉의 조대'라고 새겨져 있었다. 그 정자에 올라 잠깐 쉬다

• **동빈 선생** 중국 전설에 등장하는 선관의 이름.
• **엄자릉(嚴子陵)의 조대(釣臺)** 엄자릉의 낚시터. 엄자릉은 후한 때의 사람으로, 광무제의 벼슬 제안을 뿌리치고 부춘산에서 낚시를 하며 살았다.

가, 양윤은 밥을 얻어 오라고 마을로 보내고 부인은 계월을 안고 홀로 앉아 있었다.

그때 부인이 문득 강 쪽을 보니 큰 배 한 척이 정자를 향하여 오고 있었다. 부인은 놀라 계월을 안고 갈대밭으로 들어가 숨었다. 배가 점점 가까이 와 정자 앞에 멈추더니 한 놈이 외쳤다.

"아까 강 위에서 보니 여인 하나가 앉았다가 우리를 보고 저 수풀로 들어갔으니 어서 찾아보라!"

그러자 모든 사람이 한꺼번에 내달아 갈대밭 속으로 달려들었다. 마침내 부인을 찾자 여러 사람이 우르르 달려들어 부인을 잡았다. 부인이 정신이 아득하여 양윤을 부르며 통곡한들 밥 빌러 간 양윤이 어찌 알겠는가? 도적들이 부인의 등을 밀치며 잡아다가 뱃머리에 꿇어앉히고 온갖 말로 겁을 주었다. 원래 이 배는 수적의 배였다. 수적들이 물 위로 다니며 재물을 탈취하고 여자도 납치하였는데, 마침 이곳을 지나다가 부인을 보았던 것이다. 수적의 괴수 장맹길이라는 놈이 부인의

아름다운 용모를 보더니 단번
에 반해 말하였다.

"내 평생에 천하일색을 얻고
자 하였는데, 그대야말로 하늘이 내게 주는 선물이로다!"

맹길이 껄껄거리자 곁에 있던 도적들이 모두 함께 웃었다. 도적들에
게 둘러싸인 부인은 계월을 꼭 끌어안았다. 하늘에 퍼지는 도적들의
웃음소리가 끔찍하게만 들렸다. 어린 계월은 당차게도 오히려 엄마를
위로하는 듯 부인을 끌어안았다. 부인이 하늘을 우러러 탄식하였다.

"여태까지 시랑의 생사를 알지 못하고 목숨을 보전하여 오다가 이
곳에 와서 이런 변을 당할 줄 어찌 알았으리오!"

부인이 갑자기 통곡하니 세상의 짐승들과 풀과 나무 모두가 슬퍼하
는 듯하였다. 맹길이 부인의 슬퍼함을 보고 부하들에게 분부하였다.

"저 여인이 움직이지 못하게 비단으로 동여매고, 계집아이는 자리에
싸서 강물에 넣어라."

도적들이 달려들어 부인의 양팔을 붙잡고 계월을 떼어내려 하였다.
부인은 팔을 잡히자 몸을 기울여 계월의 옷을 입으로 물었다. 도적들
이 계월을 잡아 올리자 옷자락을 문 부인이 따라 올라왔다. 맹길이 달
려들어 계월의 옷을 칼로 베고 계월을 강물에 던지니, 그 불쌍하고
민망한 일을 어찌 다 기록하리오.

계월이 물에 떠가며 울며 외쳤다.

---

* 수적(水賊) 강이나 바다에서 배를 타고 다니며 도적질을 하는 무리.

"어머니, 이것이 웬일이오? 어머니, 나 죽소, 바삐 살려 주옵소서! 물에 떠가는 자식을 고기밥이 되라 하나이까? 어머니, 어머니 얼굴이 나 다시 보옵시다. 죽어도 눈을 감지 못하겠소!"

울음소리가 점점 멀어지니, 사랑하던 자식이 눈앞에서 죽는 양을 보던 부인은 어찌 정신이 아득하지 아니하리오. 부인이, "계월아, 계월아, 나와 함께 죽자!" 하며 통곡하다가 기절하니 뱃사람들은 비록 도적이나 눈물을 흘리지 않는 사람이 없었다.

슬프다! 양윤이 밥을 빌어 가지고 오다가 바라보니 정자 앞에 사람이 무수하였다. 부인의 곡성이 들려 바삐 가 보니 사람들이 부인을 동여매고 분주하였다.

양윤이 이 모습을 보고 얻어 온 밥을 그릇째 던지고 달려들어 부인을 붙들고 대성통곡하였다.

"이것이 웬일이오, 차라리 오다가 물에 빠져 죽었던들 이런 일을 당하지 않았을 것을. 이 일을 어찌하리오? 아기는 어디 있나이까?"

"아기는 물에 빠져 죽었다."

양윤이 이 말을 듣고 가슴을 두드리며 물에 뛰어들려 하니 맹길이 도적들에게 호령하여 양윤을 잡아매라 하였다. 도적들이 달려들어 양윤을 마저 동여매니 양윤이 죽지 못하고 통곡할 뿐이었다.

맹길이 무리를 재촉하여 부인과 양윤을 배에 싣고 급히 노를 저어 제 집으로 돌아왔다. 부인과 양윤을 방에 가두고 맹길이 제 계집 춘 낭을 불러 말하였다.

"내가 부인을 데려왔으니 좋은 말로 달래서 내 뜻을 따르게 해라."

춘낭이 방에 들어와 부인에게 물었다.

"부인은 무슨 일로 이곳에 왔나이까?"

부인이 답하였다.

"주인 부인은 죽게 된 사람을 살리소서!"

부인이 지금까지의 일을 모두 말하니 춘낭이 말하였다.

"부인의 형색을 보니 참으로 참혹합니다. 주인 놈이 본래 수적으로 사람을 많이 죽이고 또한 용맹하여 천 리 길도 한 번에 다녀오니 도망하기도 어렵고, 죽자 하여도 못할 것이니 아무리 생각하여도 불쌍하고 또 가련합니다. 저도 본래 이놈의 계집이 아니라 번양 땅에 사는 번듯한 집안의 딸이었는데, 일찍이 과부가 되어 있다가 이놈에게 잡혀왔습니다. 겨우 목숨을 도모하여 이놈의 계집이 되었으나 모진 목숨이 죽지 못하고 고향을 생각하면 정신이 아득합니다. 그러나 제가 생각해 둔 묘책이 하나 있습니다. 다행히 이 계교대로 되면 첩도 부인과 함께 도망하려 하오니 의심하지 마옵소서."

춘낭이 말을 마치더니 도적의 무리가 있는 곳으로 갔다. 도적들은 등불을 밝히고 여럿이 좌우로 갈라 앉아 잔치를 벌여 술과 고기를 즐기고 있었다.

도적들은 각각 잔을 들어 맹길에게 축하의 말을 건네었다.

"오늘 장군이 미인을 얻었사오니 한 잔 술로 축하합니다!"

도적들이 각각 한 잔씩 권하니 맹길이 크게 취해 쓰러지고, 다른 장수들도 모두 잠이 들었다. 이에 춘낭이 바삐 들어와 부인에게 일렀다.

"도적들이 깊이 잠들었으니 바삐 서쪽 문을 열고 도망하시지요."

춘낭이 급히 수건에 밥을 싸 가지고 부인과 양윤을 데리고 이날 밤에 도망하여 서쪽으로 향하였다. 그러나 부인은 정신이 혼미하여 한 걸음 걷기도 어려웠다.

차차 동이 트니, 강 위에서 기러기 우는 소리가 슬픈 마음을 도왔다. 문득 바라보니 한쪽은 태산이요, 다른 한쪽은 큰 강이었다.

부인이 강가의 갈대밭으로 들어가다가 기운이 쇠진하자 춘낭을 돌아보며 말하였다.

"날은 이미 밝았고 기운은 다해서 길을 갈 수 없으니 어찌하리오."

부인이 말을 마치고 하늘을 우러러 울었다. 문득 갈대밭에서 한 여승이 나와 부인에게 절하며 여쭈었다.

"어떠한 부인이길래 이런 험한 곳에 왔나이까?"

"스님은 어디 계신 분인지 모르겠으나, 저를 불쌍히 여기소서."

부인이 지난 일을 말하고 간청하니 그 여승이 말하였다.

"부인의 모습을 보니 참으로 가엾습니다. 소승은 양식을 싣고 일봉암으로 가는 길이었습니다. 처량한 곡성이 들려 배를 강변에 대고 찾아왔으니, 우선 소승을 따라 급한 화를 면하소서."

여승이 부인에게 어서 배에 오르기를 재촉하니 부인이 감사한 마음을 이기지 못하며 춘낭과 양윤을 데리고 배에 올랐다.

이때 맹길이 잠을 깨어 방에 들어가니 부인과 춘낭이 간 곳이 없었다. 분을 참지 못하여 부하들을 거느리고 두루 찾다가 강 위를 바라보니 여승과 세 사람이 배에 앉아 있었다. 맹길이 소리를 크게 질러 도적들을 재촉하여 따라갔다. 여승이 깜짝 놀라 배를 바삐 저어 가니 빠르기가 살과 같았다. 맹길이 바라보다가 하릴없이 탄식만 하고 돌아갔다.

이때 여승이 배를 절 문밖에 대고 내리라 하니 부인이 배에서 내려 여승을 따랐다. 누대에 올라 여러 스님들에게 절하고 앉으니, 그중에 한 노승이 물었다.

"부인은 어디에 계셨으며, 무슨 일로 이 산중에 들어오셨습니까?"

부인이 답하였다.

"저는 형주 땅에 살았는데, 난리가 나자 산에 피신하여 떠돌았습니다. 다행히 스님을 만나 이곳에 왔으니, 덕이 높으신 스님께 몸을 의탁하여 머리를 깎고 중이 되어 다음 생이나 닦고자 하나이다."

노승이 그 말을 듣고 말하였다.

"소승에게는 상좌가 없으니 부인의 소원이 그러하시면 마음대로 하십시오."

부인이 즉시 목욕재계하고 머리를 깎아 중이 되어 부인은 노승의 상좌가 되고, 춘낭과 양윤은 부인의 상좌가 되었다.

부인은 이날부터, '시랑과 계월을 보게 해 주십시오.' 하고 불전에 축수하며 세월을 보내었다.

각설, 이때 계월은 물에 떠가며 울며 외쳤다.

"어머니, 저는 이제 죽거니와, 어머니는 아무쪼록 목숨을 보전하여

• **상좌**(上佐) 출가한 지 얼마 되지 않은 승려, 또는 큰스님의 제자.
• **각설**(却說) 고소설에서 이야기를 바꿀 때 쓰는 상투적인 말.

부디 아버지를 만나소서!"

　계월이 점점 멀리 떠가니 슬픈 울음소리도 잦아졌다.

　이때에 무릉포에 사는 여공이라는 사람이 배를 타고 서촉에 가다가 강 위를 바라보니 어떤 아이가 자리에 싸여 물에 떠가며 우는 소리가 들렸다.

여공이 그곳에 이르러 배를 머무르고 건져 보니 어린아이였다. 그
아이의 용모를 보니 인물이 준수하고 아름다웠다. 아이가 정신을 차
리지 못함을 보고 여공이 약을 먹이니 한참 만에야 깨어나며 모친을
부르는데, 그 소리가 애처로워 차마 듣기 힘들었다.

영웅은 왜 출생이 비정상적일까?

영웅 이야기에서 영웅들은 출생이 정상적이지 않습니다. 그들은 어머니가 하늘에서 내리쬐는 빛줄기를 받거나 신비한 존재를 만나서 잉태됩니다. 태어날 때에도 새처럼 알로 세상에 나오거나 날개를 달고 있기도 합니다. 이런 특징들은 전 세계 영웅 이야기에서 고루 나타납니다. 비정상적인 출생은 영웅 이야기의 중요한 특징입니다. 왜 영웅들은 보통 사람들과는 다르게 태어날까요?

비범한 탄생과 영웅적인 활약

영웅들이 하늘의 빛으로 잉태되거나 선녀의 도움을 받아 태어날 때, 우리는 그들이 우리와는 다른 존재, 보다 도덕적이고 훌륭한 존재일 거라고 기대합니다. 비범한 출생이 그들의 고귀함을 보장하는 것이지요. 영웅의 비정상적인 출생은 영웅적인 활약을 위해서도 중요합니다. 영웅이라면 무시무시한 적과 맞서 싸우거나, 어려운 문제 앞에서 놀라운 지혜를 발휘할 수 있어야 하고, 죽었다가도 다시 살아날 수 있어야 합니다. 비범하게 태어난 영웅들은 특출한 능력을 부여받고, 이는 커 가면서 점차 드러나게 됩니다. 남달리 똑똑해 많은 것을 쉽게 배우고, 타고난 재능을 발휘하여 도술을 비롯한 온갖 전투 기술을 연마하고, 하늘을 날거나 엄청난 힘을 쓰는 등 초인적인 능력을 선보이지요. 비범한 출생은 영웅들에게 비범한 능력을 보장하는 것입니다.

너의 외할아버지는 물의 신 하백, 친할아버지는 옥황상제니라!

알로 태어난 주몽

주몽의 어머니 유화 부인은 어느 날 놀러 나갔다가 해모수를 만나 사랑에 빠지고, 이를 안 유화의 아버지는 딸을 내쫓았습니다. 갈 곳이 없던 유화를 거둔 것은 북부여의 금와 왕이었지요. 궁궐에서 홀로 지내던 유화에게 어느 날 하늘에서 한 줄기 빛이 내려오고, 유화는 열 달이 지나 커다란 알을 낳았습니다. 금와왕이 알을 내다 버리자 온갖 짐승이 와서 알을 지켜 주었지요. 그 알을 깨고 나온 아이가 바로 훗날 고구려를 세운 주몽입니다. 주몽의 출생 과정에서 강조되는 것은 그가 신성한 존재라는 점입니다. 하늘에서 쏟아진 빛줄기로 잉태되었다거나 알로 태어났다는 것은 모두 그가 천손의 후예임을 의미합니다. 이런 고귀한 출생은 주몽이 나라를 세우는 데 정당성을 부여합니다.

천손과 웅녀 사이에서 태어난 단군

단군은 천손과 웅녀가 결혼해 낳았습니다. 하늘에 있던 천손은 지상 세계를 다스리고 싶어서 바람과 구름과 비를 다스리는 관리들을 데려와 지상에 법을 세웠습니다. 이는 천손이 농경 문화를 대표하는 존재임을 보여 주지요. 한편 웅녀는 원래 곰이었습니다. 인간이 되고자 했던 호랑이와 곰이 천손에게 소원을 빌었고, 금기를 참지 못한 호랑이와 달리 곰은 인간이 되는 데 성공했습니다. 이는 웅녀가 짐승의 야만성을 극복한 문화적인 존재임을 뜻합니다. 단군의 출생 과정에서 강조되는 것은 높은 문화적 상징성과 자부심입니다. 단군의 부모는 전투에서 승리한 자들이 아니라, 인간의 삶을 풍요롭게 하려는 존재였습니다.

하늘의 별이 지상으로 내려온 유충렬

조선 시대의 인기 영웅 소설 《유충렬전》의 주인공 유충렬은 원래 천자의 별을 지키던 하늘의 장군 별이었습니다. 어느 날 다른 별과 사소한 다툼이 있었고, 그 벌로 지상으로 쫓겨나지요. 유충렬이 태어나던 날, 하늘에서 선녀가 내려와 해산을 돕고 신비한 과일 세 알을 주고 갑니다. 유충렬의 등에는 '大明國 大司馬 大元帥 劉忠烈(대명국 대사마 대원수 유충렬)'이라는 글귀가 새겨져 있었는데, 이는 유충렬이 명나라의 대장군으로 활약할 운명임을 보여 줍니다. 그리고 정말 유충렬의 인생은 이 글귀와 같이 펼쳐집니다. 유충렬의 탄생 과정은 그의 운명을 암시한다는 점에서 흥미롭습니다. 그는 하늘에서 천자의 별을 지키던 대장성이었고, 지상에 내려와서도 천자에게 충성을 다하는 대장군으로서 살아갑니다. 운명은 한 치의 어긋남도 없고 소설은 꼼꼼하게 이를 보여 줍니다. 그리고 우리는 소설을 읽으며 우리의 운명에 대해 고민하게 되지요.

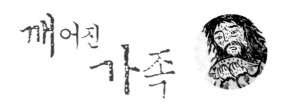

깨어진 가족

차설, 여공이 그 아이를 데리고 집에 돌아와 물었다.

"너는 어떤 아이길래 만경창파 중에 이런 일을 당하였느냐?"

계월이 울며 말하였다.

"저는 어머니와 함께 가고 있었는데, 어떤 사람들이 몰려와 어머니는 동여매고 저는 자리에 싸서 물에 던졌습니다. 죽게 된 것을 공께서 구해 주시니 다행히 살아났습니다."

여공이 이 말을 듣고, '분명 수적을 만났구나.' 하고 속으로 헤아리고 다시 물었다.

"네 나이가 몇이며 이름이 무엇이냐?"

"나이는 다섯 살이고 이름은 계월입니다."

"살던 곳은 어디더냐?"

"아버지 이름은 모르고, 남들이 부르기를 홍 시랑이라 하였습니다."

여공이 헤아리되, '홍 시랑이라 하니 분명 양반의 자식이로다.' 하고 말하였다.

"이 아이는 내 아들과 동갑이요, 또한 얼굴이 비범하니 잘 길러 장래에 영화를 보리라."

여공은 계월을 친자식같이 여겨서 새로이 '평국'이라는 이름을 지어 주었다. 여공의 아들은 이름이 보국이었다. 보국은 생김새가 비범하여 여공이 항상 애지중지하였는데, 이때부터는 평국과 함께 친형제처럼 지내게 하였다.

세월이 물같이 흘러 두 아이가 일곱 살이 되자 모든 일에 비범하니 뭇 사람들이 모두 칭찬하였다. 여공은 아이들에게 글을 가르치고자 훌륭한 선생을 두루 구하였다. 마침 강호 땅의 월호산 명현동에 곽 도사란 사람이 있다는 말을 듣고 여공이 두 아이를 데리고 찾아갔다. 도사가 초당에 앉아 있다가 여공을 보자 안으로 모셨다. 여공이 예를 갖춘 뒤 앉아 여쭈었다.

"저는 무릉포에 사는 여공이온데, 늦게야 자식을 두었습니다. 아이가 영민하기에 도사의 덕택으로 사람이 될까 하여 왔나이다."

도사가 답하였다.

"아이를 부르소서."

● **차설**(且說) 고소설에서 지금까지의 이야기를 그만두고 새로운 이야기를 시작할 때 쓰는 상투적인 말. '또 이야기하자면'이란 뜻.

● **만경창파**(萬頃蒼波) 한없이 넓고 푸른 바다.

여공이 두 아이를 불러 뵈니, 도사가 이윽히 보다가 말하였다.

"이 아이들의 얼굴로 보아 친형제가 아닌 것이 분명하니, 내게 감추지 말고 바로 이르소서."

"선생의 사람 보는 눈이 귀신같소이다."

도사가 답하였다.

"이 아이를 잘 가르쳐 널리 이름을 빛내게 하리다."

여공이 이 말에 감사를 표하고 하직하여 돌아갔다.

각설, 이때 홍 시랑은 산중에 몸을 감추고 있었는데, 도적들이 들어와 백성의 재물을 노략하고 사람을 붙들어 군사로 삼았다. 마침 홍 시랑을 잡은 장사랑이라는 도적은 시랑의 사람됨이 비범하니 차마 죽이지 못하고 뭇 도적들과 의논하였다.

"이 사람을 우리 무리에 둠이 어떠하뇨?"

도적들이 모두 이 말에 기뻐하자, 장사랑이 즉시 홍 시랑을 불러 말하였다.

"우리와 함께 힘을 합쳐 황성을 치자."

홍 시랑이 생각하였다.

'만일 이 말을 듣지 않으면 죽기를 면하지 못하리라.'

홍 시랑이 마지못해 거짓으로 항복하고는 황성으로 향하였다. 그러나 이것이 불행의 시작일 줄은 홍 시랑은 미처 알지 못하였다.

이때 천자는 유성을 대원수로 삼아 군사를 몰아왔다. 임지라는 곳에서 도적과 관군 사이에 전투가 벌어졌으나 도적은 상대가 되지 못하였다. 대원수 유성이 도적을 물리치고 장사랑을 잡아 앞세워 황성으로 가게 되니, 홍 시랑도 진중에 있다가 잡혔다. 천자가 높은 누대에 자리를 잡고 모반을 꾸민 도적들에게 모두 죄를 물어 목을 베니 홍 시랑도 죽게 되었다. 홍 시랑은 목숨을 구하기 위해 어쩔 수 없이 도적의 무리에 가담하였지만 이미 엎질러진 물이었다. 죄인을 문책하던 관리가 홍 시랑의 이름을 크게 부르자, 홍 시랑이 큰 소리로 천자에게 아뢰었다.

"소신은 피란하여 산중에 있다가 도적에게 잡혔사옵니다!"

이때 양주 자사를 지냈던 정덕기가 이 말을 듣고 엎드려 아뢰었다.

"죄인은 시랑 벼슬을 하던 홍무이옵니다."

천자가 그 말을 듣고 자세히 보더니 말하였다.

"너는 일찍이 벼슬을 하였으니 차라리 죽을지언정 어찌 도적의 무리에 들었느냐? 네 죄를 헤아리자면 죽여 마땅하지만, 옛일을 생각하여 멀리 귀양을 보내노라."

관리들이 천자의 명을 받들어 홍 시랑을 즉시 벽파도로 귀양을 보내었다. 벽파도는 황성에서 일만팔천 리 떨어진 곳이었다.

"고향에 돌아가 부인과 계월을 보지 못하고 만리타국으로 정배를 가니 이런 팔자가 어디 있으리오."

시랑이 슬피 통곡하니 보던 사람 중에 눈물을 흘리지 않는 이가 없었다.

시랑이 길을 떠난 지 여덟 달 만에 벽파도에 다다르니 그 땅은 오나

• **황성(皇城)** 황제가 있는 도성.

라와 초나라 사이에 있었다. 원래 벽파도는 인적이 닿지 않는 곳이니
천자가 시랑을 이곳에 보냄은 굶주려 죽게 할 뜻이었다.

관리들이 시랑을 그곳에 두고 돌아가니 시랑이 천지가 아득
하여 밤낮으로 울었다. 굶주림을 참지 못하여 시랑이
물가로 다니면서 죽은 물고기와 바위에 붙은
굴을 주워 먹으며 세월을 보내니, 의복이 남
루하여 몸을 가리지 못하고 형용이 괴이해
지면서 온몸에 털이 나서 짐승의 모양이
되었다.

각설, 이때에 부인은 춘낭과 양윤을 데리고 산중에 있으며
눈물로 세월을 보내고 있었다. 하루는 부인이 침소에 앉아 졸고
있었는데 밖에서 부인을 부르는 소리가 들렸다. 문을 열어 보
니, 어떤 중이 육환장을 짚고 앞에 와서 절
하며 말하였다.

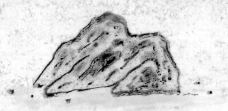

"부인은 무정한 산중에서 풍경만 바라볼 뿐 어찌하여 시랑과 계월은 찾지 아니하시나이까? 지금 시랑이 먼바다 섬에 있으면서 부인과 계월 생각에 병이 뼈에 들었으니 바삐 가옵소서. 멀리 벽파도에 가서 시랑을 찾으면 곧 만날 수 있을 것입니다."

중은 말을 마치자 문득 간 데가 없었다. 부인이 크게 놀라워하다가 깨어 보니 꿈이었다. 부인이 의아하여 양윤과 춘낭을 불러 꿈 이야기를 하며, 가다가 도중에 죽을지라도 가겠다고 하였다. 부인은 곧 길 떠날 차비를 꾸리고 노승께 하직 인사를 올렸다.

"첩이 만리타국에 와 스님께 은혜를 입어 목숨을 보전하였사오니 은혜가 백골난망이옵니다. 그러나 간밤에 꿈이 이러이러하오니 이는 부처님이 인도하심이라, 이제 하직을 고하나이다."

부인이 말을 마치며 눈물을 흘리니, 노승이 또한 울며 말하였다.

"나도 부인을 만난 뒤로 모든 일을 다 부인에게 부탁

육환장(六環杖) 스님이 들고 다니는, 고리가 여섯 개 달린 지팡이.
백골난망(白骨難忘) 죽어서 백골이 되어도 잊을 수 없다는 뜻. 주로 다른 사람의 은혜에 감사의 뜻을 전하기 위해 쓰는 말.

하였는데, 오늘 이별을 하게 되니 슬픈 마음을 가누기 어렵소이다. 이것으로 내 마음을 표시하오니 부디 구차한 일이 있거든 쓰십시오."

노승은 부인에게 은 덩어리 하나를 건네었다.

부인이 감사하며 양윤에게 은 덩어리를 건네고 하직 인사를 올렸다. 부인 일행이 절 문을 나설 때에 노승과 여러 승려들이 모두 나와 서로 눈물을 흘리며 슬퍼하였다.

부인이 춘낭과 양윤을 데리고 동쪽을 향하여 내려오니, 수많은 산봉우리들이 우쭐거리며 눈앞에 어려 있고, 초목은 울울창창한데 무심한 두견새 소리는 사람의 애달픈 마음을 적시었다. 눈물을 참지 못하고 어디로 가야 할지 몰라 조금씩 조금씩 앞으로 나아가니 문득 북쪽으로 난 작은 길이 있었다. 작은 길은 마치 어서 오라는 듯 길고도 깊게 산속으로 뻗어 있었다. 부인은 잠시 망설였으나 마침내 그 길로 들어섰다.

그 길로 한참을 가며 보니 앞에는 큰 강이 있고 그 위에 누각이 있었다. 부인과 일행이 올라 보니 현판에 '악양루'라고 써 있었다. 사방을 살펴보니 동정호 칠백 리가 눈앞에 펼쳐지고 무산 열두 봉우리는 구름 속에 솟아 있으니 그 광활한 풍경은 말로 이르지 못할 정도였다. 부인이 슬픈 회포를 이기지 못하여 한숨을 크게 내쉬었다. 이 너른 세상에서 어떻게 시랑을 찾을꼬? 부인이 다시 길을 나서 또 한 곳에 다다르니 큰 돌다리가 있었다. 그곳 사람에게 물으니 장판교라 하였다. 또 묻기를 이곳에서 황성이 얼마나 되느냐고 하였더니, 일만팔천 리이나 저 다리를 건너 백 리만 가면 옥문관이 있으니 그곳에서 다시 물으면 자세히 알 수 있다고 하였다. 또 묻기를 벽파도라는 섬이 이 근처에 있느냐고 하였더니, 그 사람이 대답하기를 자세히 모른다고 하였다. 부인이 하릴없이 옥문관을 찾아갔다. 한 사람을 만나 또 물으니 그 사람이 벽파도를 가리켰다.

부인 일행이 벽파도를 찾아가며 좌우를 살펴보니 뱃길이 멀지 않으나 건너갈 방법이 없었다. 어찌할 줄 몰라 마음이 막막하여 물가에 앉아 있으려니 바위 위에서 한 사람이 고기를 낚는 것이 보였다. 양윤이 가서 절을 하고 물었다.

"저 섬은 무슨 섬이라 하나이까?"

고기 잡던 늙은이가 대답하였다.

"그 섬은 벽파도라 하나니라."

"그곳에 사람 사는 마을이 있나이까?"

"예부터 인적이 없었는데 몇 년 전에 형주 땅에서 유배 온 사람이 있어 풀과 나무로 울타리를 삼고 짐승들로 벗을 삼아 살고 있나니 그 모습이 참혹하더라."

양윤이 돌아와 부인에게 사연을 아뢰니 부인이 말하였다.

"유배 온 사람이 형주 땅에서 왔다고 하니 혹 시랑이 아닐는지 모르겠다."

부인이 그 섬을 바라보고 한참을 앉아 있노라니, 어디선가 배 한 척

* **악양루(岳陽樓)** 중국의 호남성 악양에 있는 누각.
* **동정호(洞庭湖)** 중국의 호남성 북부에 있는 큰 호수.
* **무산(巫山)** 중국 사천성 동쪽에 있는 아름다운 산.
* **옥문관(玉門關)** 중국 장안에서 서역으로 가는 길목에 있는 관문.

이 다가왔다. 웬 소년이 노를 저어 오니 양윤이 배를 향하여 크게 말하였다.

"우리는 고소대 일봉암에 사는 여승입니다. 벽파도로 건너가고자 하나 배가 없어 이곳에 앉아 있다가 다행히 그대를 만났으니, 잠시 수고로움을 아끼지 마소서."

양윤의 애걸을 듣자 뱃사람은 배를 대고 오르라 하였다. 양윤과 춘낭이 부인을 모시고 배에 오르니 배는 순식간에 벽파도에 닿았다. 소년은 아무 말도 없이 손을 들어 내리라고 하였다. 부인이 배에서 내려 백배사례하고 벽파도로 가며 살펴보니 수목이 하늘을 찌르고 인적이 없었다. 바닷가로 다니며 두루 살피니 문득 한 곳에서 의복이 남루하고 온몸에 털이 돋아 보기에 참혹한 사람이 있었다. 그는 강가를 돌아다니며 고기를 주워 먹다가 한 골짜기로 들어갔다. 양윤이 그 사람을 따라가 보니 한 초막으로 들어갔다. 양윤이 소리를 크게 질렀다.

"상공은 조금도 놀라지 마옵소서!"

시랑이 그 말을 듣고 초막 밖으로 나섰다.

"이 섬에 날 찾아올 사람이 없는데, 그대는 무슨 말을 묻고자 나를 부르느뇨?"

양윤이 대답하였다.

"소승은 고소대 일봉암에 있었는데, 상공께 간절히 여쭐 말씀이 있어서 이곳까지 찾아왔습니다."

시랑이 말하였다.

"무슨 말을 묻고자 하느뇨?"

양윤이 땅에 엎드려 말하였다.

"소승의 고향은 형주 구계촌인데, 장사랑의 난리를 만나 피란하였습니다. 들리는 말에 상공께서 형주 땅에서 이 섬으로 유배를 왔다 하기에 고향 소식을 묻고자 왔나이다."

시랑이 이 말을 듣자 눈물을 흘리며 물었다.

"형주 구계촌에 살았다 하니 누구 집에 있었더뇨?"

양윤이 대답하였다.

"소승은 홍 시랑 댁에 있던 양윤이온데, 부인을 모시고 이런저런 고초를 겪다가 이곳에 왔나이다."

시랑이 이 말을 듣자 미친듯이 양윤의 손을 잡고 대성통곡하였다.

"양윤아, 너는 나를 모르겠느냐? 내가 홍 시랑이다!"

양윤이 홍 시랑이란 말을 듣고 한참 기절하였다가 겨우 정신을 진정하여 울며 말하였다.

"부인이 지금 강가에 앉아 계십니다."

시랑이 그 말을 듣고 정신없이 강가로 달려갔다. 이때 부인이 울음소리를 듣고 눈을 들어 보니 털이 무성하여 곰 같은 사람이 가슴을 두드리며 부인을 향해 오고 있었다. 부인이 보고 미친 사람인가 하여 도망하려고 하니 시랑이 외쳤다.

"부인은 놀라지 마소서. 나는 홍 시랑이로소이다."

부인이 어찌할 줄 몰라 고깔을 벗어 들고 다시 달아났다. 이에 양윤

◦ **초막(草幕)** 풀이나 짚으로 지붕을 이어 만든 조그마한 움막.

이 외쳤다.

"부인은 달아나지 마소서. 홍 시랑이 가시나이다."

부인이 양윤의 소리를 듣고 황망히 섰는데, 시랑이 울며 따라와 말하였다.

"부인은 어찌 그다지 의심하시나이까? 나는 계월의 아비 홍 시랑이로소이다."

부인이 듣고 깜짝 놀라 얼굴을 들여다보니 남편이 분명하였다. 두 사람이 서로 붙들고 통곡하다가 기절하거늘 양윤이 또한 통곡하며 위로하니 그 모습이 차마 볼 수 없을 정도였다. 춘낭은 외로운 사람이라 혼자 돌아앉아 슬피 우니 그 모습이 또한 가여웠다. 시랑이 부인을 붙들고 초막으로 돌아와 정신을 진정하여 물었다.

"저 부인은 뉘십니까?"

부인이 탄식하며 말하였다.

"저 부인의 이름은 춘낭입니다. 피란하여 가다가 수적 맹길을 만나 계월은 물에 던져지고 저는 도적에게 잡혔는데, 춘낭이 저를 도와 그날 밤에 도망할 수 있었습니다."

부인은 고소대에서 여승으로 지낸 일이며 부처님이 꿈에 나타나 벽파도로 가라던 일을 전하다가 슬픔을 참지 못하니, 시랑도 계월이 죽었단 말을 듣고 기절하였다가 겨우 정신을 차려 말하였다.

"나도 그때 정 도사의 집에서 떠나오다가 도적

장사랑에게 잡혀 그의 진중에서 지내게 되었소.

천자께서 도적을 잡을 때에 나도 또한 잡혔는데, 도적을 도왔다 하여 이곳으로 유배를 오게 되었소."

시랑이 말을 마치고 춘낭 앞에 나아가 절하고, 부인을 구한 은혜는 죽어도 갚을 길이 없겠다고 치하하였다. 이때 부인이 노승이 준 은 덩어리를 뱃사람에게 팔아 양식을 마련하였다. 그리고 그날부터 초막에서 계월을 생각하며 세월을 보내었다.

각설, 이때에 계월은 보국과 함께 글을 배우고 있었다. 한 자를 배우면 열 자를 알고, 행동이 비범하니 도사의 칭찬이 끊이지 않았다.

"하늘이 너를 내신 까닭은 명 황제를 위함이다. 너와 같은 인재가 있으니 어찌 천하를 근심하리오."

도사가 군사를 부리는 법과 여러 상황에서 진을 짜는 법을 가르치니 검술

과 지략이 세상에 당할 자가 없게 되었다. 세월이 물처럼 흘러 두 아이의 나이가 열세 살이 되었다. 도사가 두 아이를 불렀다.

"군사를 부리는 법은 다 배웠으니 바람과 구름을 부리는 술법을 배우거라."

도사는 두 아이에게 책 한 권씩을 주었다. 아이들이 받아 보니 이는 세상에서 들어보지 못한 술법이었다. 평국과 보국이 밤낮을 가리지 않고 공부를 하니, 평국은 세 달 만에 책의 내용에 막힘이 없어졌고 보국은 일 년을 배워도 깨우치지 못하는 구석이 있었다. 이에 도사는 평국의 재주가 세상에서 으뜸이라 칭찬하였다.

* **격양가(擊壤歌)** 농부들이 풍년이 들어 태평한 세월을 즐기는 노래.

이때 나라가 태평하니 백성들이 격양가를 부르며 세월을 즐기었다. 천자는 어진 신하를 얻고자 과거를 치르게 하였다. 도사가 이 소식을 듣고 즉시 평국과 보국을 불렀다.

"지금 천자께서 과거를 보게 하신다 하니 이번 기회에 이름을 빛내 보거라."

도사는 여공에게 두 아이의 여행 채비를 차려 달라 요청하였다. 이에 여공이 말 두 필과 하인을 준비해 주었다. 두 아이가 하직 인사를 올리고 길을 떠나 황성에 다다르니, 천하의 선비들이 구름 모인 듯하였다. 과거 보는 날이 닥치자 평국과 보국이 궁에 들어갔다. 천자는 높은 대 위에 앉아 한 번 붓을 들어 단숨에 과제를 써 내리었다. 평국이 먼저 글을 지어 바치고 보국은 그다음으로 바치고 숙소로 돌아왔다. 이때에 천자는 선비들의 글을 보다가 평국과

보국의 글을 손수 골라 칭찬하며 평국을 장원으로, 보국은 부장원으로 삼았다. 관리들이 황성의 대문들에 방을 붙이고 합격생들의 이름을 크게 외쳤다. 하인이 대문에서 기다리다가 이 소리를 듣고 급히 숙소로 돌아와 여쭈었다.

"도련님, 두 분이 지금 과거에 붙어 관리들이 바삐 부르니 어서 가십시오."

평국과 보국이 크게 기뻐 서둘러 궁으로 들어가 천자가 있는 전각의 계단 아래에 엎드렸다. 천자가 두 사람을 가까이 오라 하여 손을 잡고 칭찬하였다.

"너희의 얼굴에는 충심이 가득하고, 눈썹 사이엔 재주가 어렸구나. 말소리 또한 옥을 깨는 듯하니, 과연 천하의 영웅이로다. 짐이 이제는 천하를 근심치 아니하리로다. 마음과 힘을 다하여 짐을 도우라."

천자가 벼슬을 내리어 평국은 한림 학사로, 보국은 부제후로 삼았다. 또한 어사화와 좋은 말 한 필씩을 내리었다.

한림과 부제후가 사은숙배하고 나오니 하인들이 문밖에서 기다리고 있다가 모시고 길을 나섰다. 붉은 예복과 옥으로 만든 띠가 붉고 푸른 일산 사이로 스며든 햇빛에 은은히 빛이 났다. 앞에는 광대들이 옥피리를 불고 뒤에는 울긋불긋 비단옷을 입은 어린이들이 꽃밭을 이루어 장안의 큰길을 메우며 나오니, 보는 사람들이 모두 칭찬하여 천상에서 선관이 내려온 것 같다고 하였다. 그렇게 삼일유가를 지낸 뒤에 한림원에 들어가서 명현동 선생과 무릉포 여공 댁에 기별을 전하였다. 한림이 부제후에게 말하였다.

"그대는 양친이 계시니 영화를 보이겠지만, 나는 부모 없는 사람이니 뉘께 영화를 뵈리오."

한림이 이렇게 말하며 슬피 우니, 보는 사람이 누가 눈물을 아니 흘리리오. 이때에 한림과 부제후가 궁에 들어가 부모를 뵈러 가고 싶다고 아뢰니, 천자가 대답하였다.

"경들은 짐의 손발과 같은 사람이니 한때라도 조정을 떠날 수 없도다. 하지만 부모를 뵈러 가는 일을 내가 어찌 막으리오. 다녀옴을 허락하니 일찍 돌아와 짐을 도우라."

한림과 부제후가 명을 받들어 하직 인사를 올리고 집으로 돌아갈새, 많은 사람들이 나와 전송하였다.

● **전각(殿閣)** 임금이 거처하는 궁전의 건물.
● **한림 학사(翰林學士)** 한림원(翰林院)에 소속된 문관 벼슬아치.
● **어사화(御賜花)** 과거에 급제한 사람들에게 내리던, 종이로 만든 꽃.
● **사은숙배(謝恩肅拜)** 임금의 은혜에 감사하여 올리는 절.
● **일산(日傘)** 햇빛을 가리기 위한 큰 양산.
● **장안(長安)** 중국의 옛 수도.
● **삼일유가(三日遊街)** 과거에 급제한 사람이 사흘 동안 잔치를 벌이던 일.
● **한림원(翰林院)** 임금의 명을 받아 문서를 작성하는 일을 하던 관청.

옷을 바꿔 입은 사람들

왜 홍계월의 부모는 옷을 바꿔 입으면 운명도 피할 수 있을 거라고 생각했을까요?
어느 사회에서나 남성과 여성의 옷에 대한 구별이 있습니다. 다른 성별의 옷으로 바꿔
입는 것은 이런 통념과 관습을 거스르는 행위였지요. 하지만 사람들은 자신의 정체를
감추거나 스스로 위안을 얻기 위해, 혹은 특별한 결심을 드러내기 위해 옷을 바꿔
입기도 했습니다.

트로이 전쟁의 영웅 아킬레스

아킬레스의 어머니 테티스는 아들이 전쟁터에서 죽을
것이라는 신탁을 받고, 아킬레스에게 여자 옷을 입혀
궁궐에서 공주들과 숨어 살게 했습니다. 하지만 아
킬레스를 원했던 오디세우스가 꾀를 내어 아킬레
스를 찾아냈고, 아킬레스는 결국 트로이 전쟁에
참여하게 됐습니다. 운명을 피하게 하려고 자식에
게 다른 성별의 옷을 입혔다는 점에서 아킬레스
와 홍계월은 비슷합니다. 두 사람 다 결국은 전쟁
터에 나가 자기 운명대로 살게 되지요.

늙은 아버지를 대신해 전쟁터에 나간 뮬란

애니메이션으로 잘 알려진 뮬란은 〈목란사(木蘭辭)〉라는 중국 시
에 나오는 여성입니다. 뮬란은 늙은 아버지와 함께 살던 효녀였
습니다. 전쟁이 나서 아버지가 참전해야 할 처지에 놓이자 뮬란
은 긴 머리를 자른 뒤 남자 옷으로 갈아입고 아버지 대신 전
쟁터로 나갔습니다. 그리고 무려 12년에 걸쳐 전쟁을 치르면
서 수많은 공을 세웁니다. 여성이 남장을 하고 전쟁터에 나
간다는 이야기는 소설뿐만 아니라 현실에서도 발견됩니다.
프랑스의 잔 다르크가 대표적인 예지요.

목숨을 구하기 위해 여장을 했던 김종서 장군

김종서 장군은 조선 세종 때 북방을 개척한 인물입니다. 세종의 총애를 받았던 김종서의 최후는 매우 비극적이었습니다. 단종이 왕위에 오르자 수양대군이 계유정난을 일으키는 과정에서, 방해가 된 김종서를 죽이기 위해 부하들을 보냈지요. 이들에 의해 김종서의 아들은 죽임을 당하고 김종서는 가까스로 도망을 쳤습니다. 김종서는 수양대군과 대결하기 위해 여자의 복장을 하고 한양 도성 안으로 들어가려 했으나 발각되어 죽임을 당했습니다. 우리 역사를 보면 여장을 한 남자들이 간혹 등장합니다. 고려 때 공민왕은 여장을 하고 음란한 일을 일삼았다고 해요.

종교적 믿음을 위해 남장을 한 고대 기독교 수사들

6세기 콘스탄티노플에 살았던 '아나스타시아'라는 귀족 여성은 황제의 구혼을 피해 이름을 '아나스타시오스'로 바꾸고 평생 남자 수사의 옷을 입고 살았다고 합니다. 아나스타시아가 이러한 선택을 한 까닭은 결혼을 하고 여성의 삶을 사는 것보다 수사가 되는 것이 자신의 종교적인 믿음에 더 부합한다고 믿었기 때문이지요. 아나스타시아의 남장은 종교적인 진실함을 스스로에게 증명하고 다짐하는 행위였습니다. 이러한 관습이 생겨난 배경이 흥미롭습니다. 여성의 삶을 거부하는 금욕주의적인 태도는 4세기 기독교가 공인되면서 생겨났습니다. 즉 순교가 더 이상 구원의 증거로 인정될 수 없게 되자 세속적 욕망을 끊어 버린 삶이 새로운 이상으로 떠오른 것입니다. 여장을 하거나 남장을 하는 것이 오늘날에는 재미있는 놀이로 받아들여지기도 하는데, 중세에는 진지한 종교적인 실천 행위였다니, 역사는 신기합니다.

오랑캐와의 전쟁

차설, 한림과 부제후가 여러 날 만에 무릉포에 다다라 여공 부부를 뵈니 그 즐거움은 이루 말할 수 없었다. 보국은 얼굴에 기쁨이 가득하나 평국은 기쁜 낯 위로 눈물 흔적이 지워지지 않으니, 여공이 위로하였다.

"이 모두가 하늘의 뜻이니, 너는 지난 일을 너무 슬퍼하지 말거라. 하늘이 도우사 다시 부모를 만나 영화를 보일 것이니 어찌 지금 서러워하리오!"

평국이 울며 말하였다.

"강물에 떨어져 죽을 것을 거두어서 이처럼 귀하게 되게 하셨으니, 그간 키워 주신 은혜는 죽어도 잊기 어렵습니다."

여공과 사람들이 이 말을 듣고 마음으로 칭찬하였다.

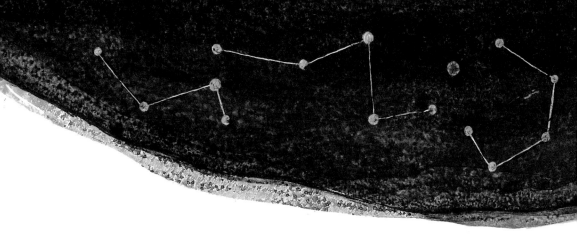

이튿날 한림과 부제후가 도사를 뵈려고 명현동에 찾아갔다. 도사가 크게 기뻐하며 평국과 보국을 앉히고 영화롭게 돌아옴을 칭찬하고, 나라 섬길 일을 말하여 마음에 경계로 삼게 하였다.

하루는 도사가 하늘의 기운을 살펴보니 북방의 도적이 강성하여 오랑캐의 별들이 천자의 별들을 둘러싸고 있었다. 도사가 깜짝 놀라 즉시 평국과 보국을 불러 이 일을 말하며 급히 황성으로 올라가 위태한 천자를 구하라고 하였다. 또한 평국에게 웬 봉투 한 장을 주며 전쟁터에서 만약 죽을 지경을 당하거든 뜯어보라고 하였다. 평국이 울며 말하였다.

"선생님의 따뜻하신 은혜는 뼈에 사무쳐 잊기 어려우나, 잃은 부모는 어느 곳에 가서 찾을 수 있습니까? 바라옵건대 선생님은 제게 알려 주옵소서."

도사가 말하였다.

"천기를 누설하지 못하니 다시는 묻지 말라."

이에 평국이 감히 다시 묻지 못하였다. 두 사람은 도사에게 하직하고 밤낮으로 말을 채찍질하여 황성으로 향하였다.

이때 옥문관을 지키는 김성담이 천자에게 장계를 올렸다.

서관과 서달이 비사장군 악대와 비룡장군 철통골 두 장수로 선봉을 삼고, 군사 십만과 장수 천여 명을 거느리고 국경을 침범하였습니다. 벌써 북쪽의 칠십여 성을 항복받고, 자사 양거덕을 베고 이제 황성을 범하고자 하여 피해가 막심하나 소장의 힘으로는 당하지 못하겠사오니 엎드려 바라옵건대 황상께서는 어진 장수를 보내어 도적을 막으소서.

천자가 장계를 보고 크게 놀라 신하들에게 말하였다.

"경들은 바삐 대원수를 뽑아 적을 막을 묘책을 의논하라."

천자가 이렇듯 명령하며 눈물을 흘리니 뭇 신하들이 아뢰었다.

"평국이 비록 어리지만 세상의 이치를 이미 깨달은 듯하니, 평국을 대원수로 삼아 도적을 막음이 옳겠습니다."

천자가 이 말을 듣고 기뻐하며 즉시 관리를 보내라고 할 즈음에 황성 문을 지키는 수문장이 달려와 보고하였다.

"한림과 부제후가 문밖에 와 기다리고 있습니다."

천자가 듣고 급히 들라 이르니, 평국과 보국이 전각 아래에 이르렀다. 천자가 가까이 불러 말하였다.

"짐이 영민하지 못하여 도적이 강성해져서 북쪽의 칠십여 성을 항복받고 황성을 침범하고자 하니 놀랍도다. 뭇 신하들이 오랑캐를 막을 장수로서 경들을 천거하여 짐이 그대들을 보고자 하였더니, 하늘이 도우사 경들이 뜻밖에 벌써 왔도다. 이제 경들은 마음을 다하고 힘을 다하여 짐의 근심을 덜고 도탄에 빠진 백성들을 건지라."

평국과 보국이 땅에 엎드려 아뢰었다.

"소신들이 비록 재주는 없사오나 한번 나가 싸움에 도적을 깨뜨려서 전하의 성은을 만분의 일이나마 갚고자 하오니, 바라옵건대 황상은 근심치 마옵소서."

천자가 기뻐하며 평국을 대원수에, 보국은 대사마 중군장에 봉하고, 장수 천여 명과 군사 팔십만을 주며 물었다.

"경은 여러 장수와 군졸 들을 어떻게 지휘하려 하느뇨?"

대원수 평국이 아뢰었다.

"벌써 마음속에 다 정하였사오니 염려하지 마옵소서. 행군하면서 장수들에게 임무를 내리겠습니다."

대원수 평국이 즉시 장수 천여 명과 군사 팔십만에게 행군할 채비를 갖추라고 명령하였다. 행군을 시작할 때, 순금 투구를 쓰고 하얀

• **장계**(狀啓) 지방에 있는 관원이 임금에게 올리는 보고서.
• **선봉**(先鋒) 부대의 맨 앞에 나서서 작전을 수행하는 군대.
• **황상**(皇上) 현재 나라를 다스리는 황제.
• **대원수**(大元帥) 나라의 군대를 통솔하는 최고 계급인 '원수'를 높여 부르는 말.
• **도탄**(塗炭) 진흙과 숯불 구덩이. 몹시 어렵고 비참한 상태를 이르는 말.
• **대사마 중군장**(大司馬中軍將) '대사마'는 오늘날 국방부 장관에 해당하는 벼슬. '중군장'은 전장에서 가운데에 배치된 병력을 맡은 장군.
• **봉**(封)**하다** 왕이 신하에게 벼슬을 내려 주다.

전포를 입은 대원수가 허리에는 보검과 활을 차고, 왼손에는 산호 채찍을, 오른손에는 깃발을 들고 나왔다. 팔십만 군사들의 눈길이 모두 대원수에게 꽂히며 묵직한 긴장감이 감돌았다. 대원수가 말에 올라 눈짓을 주니 곁에서 모시던 부하 장수가 크게 고함을 질러 행군을 명령하였다. 대원수가 위엄이 넘치게 군사를 부리는 것을 보고 천자가 기뻐 말하였다.

"원수가 군사를 부림이 저러하니 어찌 도적을 근심하리오."

원수가 행군할 때, 갖가지 색깔의 깃발과 날카롭게 날이 선 창들이 하늘을 뒤덮어 위엄이 백 리 밖에까지 떨쳤다. 원수가 장졸들을 재촉하여 옥문관으로 행군하던 길에 진지를 쳤다. 황성에 있던 천자가 원수의 행군을 구경하고자 신하들을 거느리고 거둥하였다. 진지의 문밖에 이르니 수문장이 문을 굳게 닫고 열지 않았다. 천자를 모시고 왔던 관리가 내달아 외쳤다.

"여기 천자께서 친히 와 계시니 바삐 문을 열라!"

이 말을 들은 수문장이 외쳤다.

"전쟁 중에는 장군의 명령만을 받을 뿐, 천자의 말씀이라도 듣지 못합니다."

천자가 그제서야 자신이 왔음을 알리는 조서를 내리니, 원수가 당황하여 문을 크게 열라 명령하였다. 천자가 문으로 들어오자 다시 수문장이 아뢰었다.

"진중에서는 말을 달리지 못하나이다."

이에 천자만 홀로 말을 타고 뭇 신하들은 모두 말에서 내려 걸었다.

천자가 장대에 오르니 원수가 장대 밑에 서서 손을 모아 예의를 갖추고 아뢰었다.

"갑옷을 입은 장수는 절을 하지 못하나이다."

이에 천자가 좌우의 신하를 돌아보며 말하였다.

"원수가 군대를 다스림이 이처럼 엄격하고, 진지를 구축함이 이토록 군건하니 내가 무엇을 근심하리오?"

천자가 칭찬하는 뜻에서 흰 창과 누런 도끼와 날랜 칼을 내리니 군중이 더욱 엄숙해졌다. 천자는 먼 길에 공을 이루고 돌아오라 당부하고 환궁하였다.

원수가 행군한 지 석 달 만에 옥문관에 이르니, 옥문관을 지키던 장수 석탐이 황성에서 대병이 온 줄 알고 기뻐서 성문을 열어 원수를 맞았다. 석탐이 원수를 장대에 모시고 여러 장수들의 군례를 받게 하니 그 모습이 엄숙하였다. 원수가 석탐을 불러 도적의 형세를 물으니 석탐이 대답하였다.

"도적의 형세는 철통과 같습니다."

원수가 이튿날 행군하여 적군 근처에 다다라 진지를 마련하고 적진

• **전포**(戰袍) 장수가 입던 긴 웃옷.
• **거둥**(擧動) 임금의 나들이.
• **진지**(陣地) 적과 교전할 목적으로 장비를 갖추어 군사를 배치한 곳.
• **조서**(詔書) 임금의 명령을 알리기 위해 적은 문서.
• **장대**(將臺) 군대에서 장수가 올라서서 군사를 지휘할 수 있도록 돌이나 나무로 높게 쌓은 대.
• **환궁**(還宮) 임금이나 왕비, 왕자 등이 궁궐로 돌아옴.

을 바라보았다. 너른 광야에서 살기가 뿜어져 나오는데, 깃발은 휘날리고 창과 칼이 빛이 번쩍여서 하늘을 희롱하고 있었다. 원수가 적진을 피하여 장대에 높이 앉아 장졸들에게 외쳤다.

"군령을 어기는 자는 군법으로 다스리리라!"

원수의 호령을 듣고 진중에 가득한 장졸들이 두려워 겁내지 않는 자가 없었다. 이튿날 날이 밝자 원수가 순금 투구에 구름무늬 갑옷을 입고 삼 척 장검을 들고 준마에 앉아 진문을 활짝 열고 나서며 크게 외쳤다.

"적장은 들으라! 천자의 성덕이 어질어서 천하의 백성들은 배불리 먹고 노래를 부르며 곳곳에서 만세 소리가 높은데, 너희 놈들은 오히려 나라를 배반하고 황성을 침범하고자 하니 무엄하기 그지없도다. 천자께서 백성을 사랑하사 나를 원수로 임명하여 보내셨으니, 너희는 목을 늘어뜨려 내 칼을 받아라!"

원수의 목소리에 태산이 움직이는 듯하니 비사장군 악대가 이 말을 듣고 화를 버럭 내어 한 필의 말을 타고 한 자루의 창을 들고 진문 밖으로 나서며 외쳤다.

"너는 젖비린내 나는 어린아이로다. 하룻강아지 범 무서운 줄 모르는구나. 네 어찌 나를 당하리오! 내 칼을 받아라!"

말을 마치자마자 악대가 달려들거늘, 원수가 웃으며 장검을 높이 들고 말을 채쳐 달려들어 싸웠으나 십여 합에 이르도록 승부를 내지 못하였다. 서달이 장대에서 바라보니 악대의 칼 빛은 점점 쇠진하고 평국의 칼 빛은 구름 속의 번개같이 씩씩하였다. 저러다가는 악대의 목이 달아나겠구나! 서달이 급히 징을 쳐 군사를 거두어서 돌아가니, 원수가 분함을 머금고 본진으로 돌아왔다. 장수와 군졸 들이 모두 원수를 칭찬하였다.

"원수의 칼을 쓰는 솜씨와 말과 몸을 부딪치는 싸움법은 춘삼월 버들가지가 바람 앞에서 노니는 듯, 추구월 초승달이 검은 구름을 헤치는 듯하더이다!"

이때에 중군장 보국이 아뢰었다.

"내일 소장이 나가 악대의 머리를 베어 원수께 바치겠나이다."

원수가 만류하여 말하였다.

"악대는 범상한 장수가 아니니 중군장은 물러가 있으라."

중군장이 계속 듣지 아니하고 간청하니 원수가 말하였다.

"중군장이 공을 세우고자 고집하니 허락하겠으나, 만일 이루지 못하면 군법으로 다스리겠다."

중군장이 씩씩하게 대답하였다.

"그리 하옵소서."

"전쟁터에서는 사사로운 인정이 있을 수 없으니 군법을 따르겠다는 다짐을 써 올려라."

이튿날 보국이 갑옷을 갖추어 입고 말 위에 올라 나아가니, 원수가 친히 북채를 들고 만일 위태롭거든 징을 쳐 물리겠다고 하였다. 중군장이 진 밖에 나가 크게 고함을 질렀다.

◦ 합(合) 칼이나 창으로 싸울 때, 칼이나 창이 맞부딪치는 수를 세는 단위를 이르는 말.

"어제 우리 원수께서 너를 베지 아니하고 불쌍히 여겨 돌아왔으나 오늘은 나로 하여금 너를 베라 하시니 빨리 나와 내 칼을 받아라!"

적장이 크게 분노하여 정서장군 무길을 명하여 대적하라 하니, 무길이 명령에 따라 창을 손에 쥐고 말을 달려 왔다. 두 장수가 칼과 창을 부딪쳐서 싸움이 일어났으나 몇 합이 못 되어 보국의 칼이 빛나며 무길의 머리가 말 아래로 떨어졌다. 중군장이 무길의 머리를 칼 끝에 꿰어 들고 적군을 조롱하였다.

"적장은 애매한 장수만 죽이지 말고 빨리 나와 항복하라!"

총서장군 충관이 무길의 죽음을 보고 급히 내달아 싸웠다. 십여 합에 이르러 충관이 거짓으로 패하여 자기 진지로 달아나자 보국이 기세를 올려 따라갔다. 그러자 갑자기 적진에서 한꺼번에 고함 소리가 나며 수많은 군졸들이 뛰쳐나와 에워싸니 보국이 천여 겹 속에 싸였다. 하릴없이 죽게 되자, 중군장이 깃발을 높이 들어 원수를 향하여 탄식하였다. 이때 원수가 중군장의 위태로움을 보자 북채를 집어 던지고 준마를 급히 몰아 달려오며 외쳤다.

"적장은 나의 중군장을 해치지 말라!"

이 말 끝에 원수가 몇 천의 적군 사이로 뛰어들어 좌로 부딪치고 우로 밀쳐내니 적진의 장졸들이 물결 흩어지듯 하였다. 원수가 보국을 옆에 끼고 적군 장수 오십여 명을 한 칼에 베고 적진을 헤치며 돌아다니니 서달이 악대를 돌아보고 말하였다.

"평국이 하나인 줄 알았는데, 지금 저 모습을 보니 수십 명도 더 되는 것 같구나. 이를 어찌 당하리오."

악대가 말하였다.

"대왕은 근심치 마옵소서."

"그럼 누가 능히 저 평국을 당하리오? 죽는 군사를 이루 헤아릴 수 없도다."

원수는 마침내 진지로 돌아와 장대에 높이 앉아 보국을 잡아들이라 호령하였다. 군사들이 서릿발 같은 명령에 넋을 잃고 중군장을 잡아 장대 앞에 꿇리니 원수가 꾸짖었다.

"중군장은 들으라. 내가 만류하는 것을 네가 스스로 가겠다 하기에 다짐을 받고 출전시켰더니, 적장의 꾐에 빠져 나라의 수치가 되었다. 내가 너를 구함은 더러운 도적의 손에 죽게 하는 것보다 군법으로 죽여서 뭇 장수들에게 깨우침을 주고자 함이니 죽기를 슬퍼 말라."

원수가 무사를 호령하여 문밖에 데리고 나가 목을 베라 하니, 장수들이 한꺼번에 땅에 엎드려 아뢰었다.

"중군장의 죄는 군법으로 다스림이 마땅하오나, 중군장이 패한 까닭은 있는 힘을 다하여 적장을 삼십여 명이나 베고 의기양양하다가 적군을 가볍게 여겼기 때문입니다. 전투에서 이기고 지는 것은 늘상 있는 일이오니, 바라건대 원수는 용서하옵소서!"

말을 마치매 장수들이 모두 머리를 조아려 용서를 구하니 원수가 속으로 웃으며 말하였다.

"그대를 베어 뭇 장수들을 깨우치려 하였으나 장수들의 낯을 보아 용서하니, 이후로는 그리 말라!"

보국은 백배사례하고 물러갔다.

이튿날 다시 날이 밝자 원수가 갑옷을 갖춰 입고 말에 올라 칼을 들고 나서며 크게 소리를 질렀다.

"어제는 우리 중군장이 패하였지만, 오늘은 내가 직접 싸워 너희를 모조리 죽일 것이로다!"

원수가 이번에는 눈을 부릅뜨고 천천히 말을 몰아 적진으로 점점 나아가니 적진이 놀라고 두려워 어쩔 줄 몰라 하였다. 움찔거리는 적군들 사이에서 악대가 화를 이기지 못하고 달려 나왔다. 악대가 휘두르는 칼에 원수가 맞서고 십여 합에 이르러 원수의 칼날이 번쩍이자 악대의 머리가 말 아래로 떨어졌다. 원수가 악대의 머리를 칼끝에 꿰어 들고 또 중군장 마하명을 베고 칼춤을 추며 본진으로 돌아왔다.

서달은 악대의 죽음을 보고 하늘을 우러러 탄식하였다.

"이제 악대가 죽었으니 누가 평국을 잡으리오?"

이 말을 들은 철통골이 말하였다.

"소장에게 평국을 잡을 계교가 있사오니 근심치 마옵소서. 제 아무리 용맹하다 해도 이 계교에는 어찌할 수 없을 것이니 지켜보옵소서."

이날 밤에 철통골이 장수들에게 명령하였다.

"군사 삼천씩을 거느리고 깊은 골짜기에 매복하여 있다가 평국이 골짝 어귀에 들어오면 사방으로 불을 지르라!"

이튿날 동이 터 올 때에 철통골이 갑옷을 갖추어 입고 진문 밖에 나서며 큰 소리로 도전하였다.

"명나라 평국이는 빨리 나와 내 칼을 받아라!"

원수는 자기 이름을 부르는 소리를 듣자 떨쳐 일어나 칼 한 자루를 손에 쥐고 말을 달렸다. 철통골을 맞아 원수가 수십여 합을 겨루었으나 승부가 나지 않았다. 이에 철통골이 힘에 겨운 듯이 투구를 벗어 들더니 말 머리를 천문동으로 향하여 도망갔다. 원수가 재빨리 철통골을 쫓아 한참 말을 달리다 보니 날이 저물고 말았다.

원수는 그제야 적장의 꾀에 빠진 줄 알고 말을 돌려 달아나려 하는데, 갑자기 사방에서 불화살이 날아들었다. 불빛이 하늘에 가득하니 아무리 생각해도 달아날 길이 없었다. 마침내 원수가 하늘을 우러러 탄식하였다.

"나 하나 죽으면 온 천하가 모두 오랑캐의 세상이 되리로다! 또한 이제 어릴 적 잃은 부모도 보지 못할 것이니 어찌하리오!"

말을 마치자 문득 선생이 주신 봉투가 생각났다. 원수는 급히 봉투를 가슴 속에서 꺼내어 뜯어보았다.

봉투 속에 부적을 넣었으니 불에 갇혀 어려움에 처하거든 부적을 사방에 날리고 비를 세 번 부르라.

원수가 기뻐 하늘에 감사하고 부적을 사방에 날리며, "비!" 하고 세 번 외쳤다. 이윽고 서풍이 크게 불며 북쪽에서 검은 먹구름이 일어나고 뇌성벽력이 진동하였다. 큰 바람과 검은 구름이 일자 곧 소낙비가 엄청나게 쏟아져 사방의 불길이 순식간에 사라졌다. 원수가 놀라 눈이 휘둥그레졌다가 다시 보니, 비가 그치고 달이 동쪽 고개 위에서 빛나고 있었다. 원수가 서둘러 본진으로 돌아가며 살펴보니 서달의 십만 대병도 간 데 없고 명나라 대병도 간 데가 없었다.

'서달이 내가 죽은 줄 알고 황성으로 쳐들어갔으리라!'

원수가 부끄러움에 갈 곳을 몰라 백사장 위에서 탄식하고 있는데, 갑자기 옥문관에서 함성 소리가 들렸다. 원수가 놀라 말을 채찍질하여 함성 소리 나는 곳으로 달려가니, 북과 나팔 소리가 하늘을 울리는 사이로 철통골이 외치는 소리가 들렸다.

"명나라 중군장 보국은 도망치지 말고 내 칼을 받아라! 너희 대원수 평국은 천문동에서 불에 타 죽었으니 어찌 나를 대적하겠느냐?"

원수가 이 말을 듣고 다급히 외쳤다.

"적장은 나의 중군장을 해치지 말라! 천문동 불길에 죽은 평국이 여기 왔노라!"

원수가 번개같이 달려들어 칼을 내지르니 서달이 철통골을 돌아보며 말하였다.

"평국이 죽은 줄 알았는데 이제 어찌하리오?"

철통골이 당황하여 아뢰었다.

"이제 바삐 도망하여 본국으로 돌아가셨다가 다시 군사를 일으킴이 옳겠습니다. 지금은 군사들이 지쳤으니 아무리 싸우려 해도 반드시 패하고야 말 것입니다. 바삐 군사들을 물려서 벽파도로 가시지요."

철통골은 장수 삼십여 명을 거느리고 강변에 나아가 어부의 배를 빼앗아 서달을 모시고 벽파도로 향하였다.

아, 그리운 아버지

이때에 원수가 한 필의 말을 타고 한 자루 칼을 휘두르며 짓쳐 들어가
니, 칼 빛이 번개 같고 적군의 시체가 산과 같았다. 원수가 한칼로 십
여만 대병을 깨뜨리고 서달을 찾느라고 살펴보니, 남은 몇몇 군사들이
달아나며 울부짖었다.

"서달아, 너는 살려고 도망치고 우리는 여기서 죽겠구나."

원수가 이 말을 듣자 도리어 처량해졌다. 문득 옥문관 쪽에서 요란
한 소리가 나니 원수는 적장이 그리로 도망친 줄 알고 말 머리를 돌려
달렸다.

이즈음 보국은 이런 줄은 모르고 가슴을 두드리며 슬퍼하다가 희미
한 달빛에 웬 장수가 달려오는 것을 보고 적장이 오는 줄로만 알고 달
아나려 하였다. 그러자 뒤에 있던 한 장수가 쫓아와 여쭈었다.

"뒤에 오는 저 장수가 천문동 화재에 죽은 우리 원수의 혼백인가 봅니다."

중군장이 크게 놀라 어찌 아느냐고 물었다.

"희미한 달빛에 보니 타신 말이 원수의 말이요, 투구며 갑옷이며 행동이 원수의 것이 분명합니다."

보국이 그 말을 듣고 반가워서 군사를 머무르게 하고 서서 기다리니 점차 원수의 음성이 들려왔다. 보국은 기뻐서 크게 외쳤다.

"소장은 중군장 보국이오니 기운을 허비하지 마옵소서!"

원수가 듣고 의심하여 외쳤다.

"네가 분명 보국이면 군사에게 칼을 보내라."

보국이 칼과 깃발을 보내니 그제야 원수가 의심을 풀고 달려와 말에서 내려 보국의 손을 잡고 장막으로 들어갔다. 원수는 기쁘고 즐거워서, 천문동 화재에 죽게 되었는데 선생의 봉투가 생각나서 뜯어보고 이리이리하여 벗어났다는 말과, 돌아오면서 적진을 깨뜨리니 서달은 벽파도로 도망갔다는 말을 하였다.

원수와 중군장이 서로 묻고 답하느라 한참을 즐기더니, 원수가 드디어 군사를 거느리고 강변에 이르러 어선을 잡아 강을 건너게 되었다. 배마다 깃발과 창과 칼을 세우고 원수는 배 안에 자리를 높게 마련하여 앉았다. 그러고는 갑옷을 갖추어 입고 삼 척 장검을 높이 들고 중군장에게 배를 바삐 저어 벽파도로 향하라고 호령하였다. 배가 강 물결을 거슬러 가니 씩씩한 위풍과 늠름한 거동이 세상의 영웅이라고 일컬을 만하였다.

이때 홍 시랑은 부인과 더불어 계월 생각에 매일 슬퍼하며 지내고 있었다. 하루는 난데없이 많은 사람들이 무어라 외치고 말들이 울어대는 소리가 들렸다. 시랑이 놀라서 급히 초막 밖으로 나서 보니, 무수한 도적들이 섬에 올라오고 있었다. 시랑은 놀랍고 두려워서 부인을 데리고 허둥대며 산으로 달아났다. 큰 바위 뒤편에 겨우 몸을 감추고 숨을 고르고 나니, 자기의 처지가 너무나 슬펐다. 또다시 도적에게 쫓기어 도망을 치다니!

이튿날 날이 밝을 무렵에 강가를 바라보니 다시 웬 배들이 군사를 잔뜩 싣고 다가오고 있었다. 자세히 보니 깃발과 창과 칼이 서릿발처럼 곧추섰고 배 안에서 함성이 진동하였다. 시랑이 더욱 놀라 몸을 감추고 있었다.

배가 벽파도에 이르자 원수가 배를 강변에 대고 서둘러 진을 치라고 호령하였다. 군사들이 싸울 태세를 갖추자 원수가 다시 장수들에게 서달을 바삐 잡으라고 호령하였다. 장수들이 일시에 고함을 지르며 벽파도를 에워싸니 서달이 하릴없이 자결하고자 하다가 원수의 군사들에게 잡혔다. 원수가 장대에 높이 앉아 서달과 그 부하들을 무릎 꿇리고 호령하였다.

"이 도적들을 차례로 문밖에 내어 목을 베어라!"

말이 끝나자마자 무사들이 한꺼번에 달려들었다. 철통골을 먼저 잡아내어 베고, 그밖에 남은 장수들도 차례로 베었다. 이때 한 군사가 원수에게 여쭈었다.

"어떤 이가 여인 세 명을 데리고 산속에 숨어 있기에 잡아 왔나이다."

원수가 네 사람을 잡아들이라고 하니, 무사들이 내달아 네 사람을 결박하여 땅에 꿇렸다. 장수들이 다투어 큰 소리로 죄를 물으니 네 사람이 넋을 잃고 말을 하지 못하였다. 이에 원수가 서안을 치며 엄한 목소리로 물었다.

"너희를 보니 우리 나라 옷을 입었구나. 아마도 너희는 적병들과 내통하여 여기까지 숨어 온 것이렷다?"

시랑이 두렵고 놀라서 겨우 정신을 차리고 말하였다.

"소인은 전에 명나라에서 시랑 벼슬을 하다가 간신의 참소를 입고 고향에 돌아가 농사를 짓고 있었습니다. 그러던 중 장사랑의 난 때에 도적들에게 잡혀 다녔는데, 그 죄로 이곳으로 유배를 온 죄인입니다."

원수가 이 말을 듣고 더욱 크게 꾸짖었다.

"네가 천자의 성은을 배반하고 역적 장사랑에게 협력하였는데도 황상께서 어진 마음으로 죽이지 않고 이곳으로 유배를 보내었으니 그 은혜를 생각하면 뼈에 사무쳐야 마땅하거늘, 이제 또 도적과 내통하였다가 이렇게 잡혔는데 어찌 변명을 하느냐? 무사는 뭣 하느냐, 어서 잡아내어 베라!"

부인이 목을 베라는 소리에 통곡하였다.

"애고, 이것이 어인 일인고? 계월아, 계월아! 너와 함께 강물에 빠져 죽었다면 이런 일을 당하지 않을 텐데. 하늘이 나를 미워하여 모진 목숨이 살았다가 이런 화를 보는구나!"

● **서안(書案)** 책이나 문서 등을 보던 작은 책상.

부인이 울다가 쓰러지니, 원수가 이를 보고 문득 선생의 말이 떠올랐다. 곁에 있던 사람들을 뒤로 물리고 부인을 앞으로 가까이 오라 하여 가만히 물었다.

"아까 들으니 계월과 함께 죽지 못함을 한탄하던데, 계월은 누구이며 그대의 성명은 무엇인가?"

부인이 답하였다.

"소녀는 명나라 형주 땅에 살던 사람인데, 가군은 홍 시랑이옵고 계월은 소녀의 딸이옵니다."

부인이 자기 소개를 하고 이어 벽파도에서 지내게 된 사연을 낱낱이 아뢰었다. 원수가 이 말을 듣자 정신이 아득해지고 세상일이 모두 꿈속처럼만 느껴졌다. 원수는 급히 뛰어내려 부인을 붙들고 통곡하였다.

"어머니, 제가 물에 떠가던 계월입니다."

말을 마치지 못하고 원수가 기절하니, 부인과 시랑이 서로 붙들고 또한 기절하였다. 천여 명의 장수들과 팔십만 대군이 이 광경을 보고 어찌 된 일인지 알지 못하여 서로 돌아보며 이야기하고, 어떤 군사는 세상에 없는 일이라며 눈물을 흘리었다. 보국은 평국이 부모를 잃은 줄을 이미 알고 있었다. 원수가 정신을 진정하여 부모를 장대에 모시고 아뢰었다.

"그때 물에 떠가다가 무릉포에서 여공이란 분을 만나 목숨을 건졌습니다. 여공은 저를 친자식같이 길렀으니, 그 아들 보국과 함께 어진 선생을 만나 공부하다가 선생의 덕택으로 황성에 올라 둘 다 과거에 급제하였습니다. 한림 학사로 있다가 서달이 반란을 일으키자 소자는 대원수가 되고 보국은 중군장이 되어, 옥문관 싸움에서 적진을 깨뜨리고 서달을 잡으러 여기까지 왔나이다."

원수가 그간 지내 온 일을 이야기하자 시랑과 부인이 듣고 고생하던 말을 꺼내며 슬피 통곡하니 산천초목이 다 눈물을 짓는 듯 하였다. 원수가 정신을 진정하여 부인의 얼굴을 어루만지며 새롭게 통곡하다가, 양윤의 등을 쓰다듬으며 말하였다.

"내가 네 등에서 떠나지 않던 일과 물에 빠져 떠갈 적에 네가 애통하던 일을 생각하면 칼로 살을 저미는 듯하도다. 네가 부인을 모시고 죽을 액을 여러 번 지내다가 이렇듯 만나니 어찌 즐겁지 않으리오."

• 가군(家君) 남에게 자기 남편을 이르는 말.

또한 춘낭의 앞에 나아가 절하고 공손하게 감사의 말을 히었다.

"황천에 가서 만날 모친을 이승에서 만나 뵈옵기는 모두 부인의 덕택입니다. 이 은혜를 어찌 다 갚으리까?"

춘낭이 원수의 마음에 감사의 뜻을 올렸다.

"미천한 사람을 이토록 따뜻하게 대하여 주시니, 황공하여 아뢰올 말씀이 없나이다."

이에 원수가 춘낭을 붙들어 자리에 앉히고 더욱 공경하였다.

이때 중군장 보국이 장대 앞에 들어와 예를 갖춘 뒤 원수에게 부모 만남을 축하하였다. 원수가 장대 아래로 내려와 보국의 손을 잡고 장대 위에 올라 시랑에게 보였다.

"이 사람이 소자와 함께 공부하던, 여공의 아들 보국입니다."

시랑이 급히 일어나 보국의 손을 잡고 눈물을 흘리며 말하였다.

"그대 부친의 덕택으로 죽었던 자식을 다시 보니 이는 결초보은하여도 다 갚지 못하리다."

보국이 이 말을 듣고 오히려 사례하고 물러나니, 진 안에 있던 장졸들이 원수에게 부모 만남을 축하하는 말들이 분분하였다.

이튿날 날이 밝자 원수가 군사 무리 가운데에 앉아 서달을 대령하라고 호령하였다. 무사들이 서달을 데려와 원수 앞에 무릎을 꿇리고 항서를 받았다. 이에 원수가 서달을 장대에 올려 앉히고 도리어 고맙다는 말을 하였다.

"그대가 만일 이곳으로 오지 아니하였던들 어찌 내가 부모를 만날 수 있었겠소? 내게는 오히려 은인이 되었도다."

서달이 이 말을 듣고 감사하여 땅에 엎드려 아뢰었다.

"무도한 도적이 원수의 손에 죽을까 두려워하였는데, 도리어 따뜻한 말씀을 들으니 이제 죽어도 원수의 덕택은 갚을 길이 없겠나이다."

원수가 서달을 본국으로 돌려보내고, 부하들에게 말과 가마를 준비하라고 명령하였다. 그리하여 새로 마련한 말과 가마에 아버지와 어머니를 모시고 천여 명의 장수와 팔십만 군사를 거느리고 옥문관으로 향하니, 행차하는 위용이 천자의 것과 비길 만하였다. 그리고 마침내 옥문관에 다다라 천자에게 그간의 사연을 아뢰는 장계를 올렸다.

이때까지 천자는 원수의 소식을 몰라 밤낮으로 걱정하고 있었다. 그런데 드디어 옥문관에서 장계가 올라오니, 천자가 급히 열어 보았다.

한림 학사 겸 대원수 평국은 머리를 조아려 백번을 거듭 절하여 한 장 글을 황상께 올리옵나이다. 서달을 쳐서 깨뜨리자 도적들이 벽파도로 도망하였기에 쫓아 들어가 모조리 잡았습니다. 그러다가 잃었던 부모를 다시 만났으니, 이는 모두 황상의 덕택이옵니다. 부디 저의 사정을 가엾게 보아 주십시오. 아비는 장사랑의 일당과 함께 잡혀 벽파도로 유배를 간 홍무입니다. 엎드려 바라옵건대 폐하께서 신의 벼슬을 거두어 아비의 죄를 대신하게 하시면, 신은 아비와 고향으로 돌아가 남은 인생을 마치고자 하나이다.

천자가 장계를 읽고는 크게 놀라고 기뻐하였다.

 • **결초보은(結草報恩)** 풀을 묶어서 은혜에 보답한다는 뜻으로, 죽은 뒤에라도 은혜를 잊지 않고 갚음을 이르는 말.
 • **항서(降書)** 항복의 문서.

"평국이 한 번 가서 적병을 물리치니 마음이 싱쾌하도다. 또한 잃었던 부모를 만났다 하니 이는 하늘이 감동하심이다. 내가 이제 평국의 공을 인정하여 저를 승상으로 삼으려는데, 어찌 그 아비가 벼슬이 없으리오."

천자가 즉시 홍무를 위국공에 봉하고 그 부인에게도 벼슬을 내리었다. 또한 자신의 잘못으로 원수의 아비가 유배를 가서 여러 해를 고생하다가 원수를 만나 영화롭게 돌아옴을 다행한 일로 생각하여, 영화로움을 빛내기 위해 궁녀 삼백 명을 가려 뽑아 녹의홍상을 입혀 보내었다. 또한 부인을 모실 금덩과 쌍교를 마련하여 시녀들로 하여금 에워싸서 황성까지 오게 하고, 그 앞에는 비단 옷을 화려하게 차려입고 꽃을 든 어린 시종들을 세웠다.

마침내 천자의 명을 받은 관리가 옥문관에 당도하여 천자가 내린 벼슬의 직첩을 원수에게 드리었다. 시랑과 부인이 받아 보고 기쁨을 이기지 못하여 북쪽을 향하여 네 번 절하고 열어 보니, 시랑은 위국공에, 부인은 정렬부인에 봉한다는 직첩이었다. 또한 천자의 편지가 있으니 원수가 뜯어보았다.

원수가 한 번 가서 북방을 평정하고 사직을 보존하니 그 공이 적지 아니하며, 또 잃었던 부모를 만났으니 이런 일은 예로부터 드물었다. 또한 짐이 어질지 못하여 경의 부친을 먼 곳에 유배를 보내었다가 여러 해 동안 고생하게 하였으니 짐이 도리어 경을 볼 면목이 없도다. 그러니 바삐 올라와 짐이 기다림이 없게 하라.

편지를 읽고 위공 부자가 천자의 은혜에 감격하였다. 이날 길을 떠나려 할 때에 부인을 모실 금덩과 여러 가지 물품이 도착하였다. 원수가 즉시 예의를 갖추어 부인을 금덩에 모시자, 삼백 시녀가 이를 에워싸고 비단 옷을 입고 꽃송이를 든 어린이들이 좌우로 갈라섰다. 그 모습은 온갖 진귀하고 아름다운 꽃들이 활짝 핀 꽃밭과 같았다. 풍악이 크게 울려 퍼지며, 춘낭과 양윤은 쇠로 만든 가마에 타고 원수와 위공은 화려하게 장식한 말에 올랐다.

황성에 들어갈 준비를 마치자 중군장이 거느린 팔십만 대군과 장수 천여 명이 줄을 맞추어 늘어섰다. 그러고는 씩씩하고도 늠름하게 사십 리 너른 들판을 가로지르며 승전고의 북소리에 맞추어 앞으로 나아가기 시작하였다.

이때에 천자가 조정의 신하들을 모두 거느리고 원수를 맞으니, 위공과 원수가 말에서 내려 땅에 엎드렸다. 천자가 이들을 반기며 인사하였다.

◦ **위국공(衛國公)** 황제가 신하에게 내리던 작위의 일종.
◦ **녹의홍상(綠衣紅裳)** 연두저고리에 다홍치마. 젊은 여자의 아름다운 옷차림을 이르는 말.
◦ **금덩** 황금으로 화려하게 장식한 가마.
◦ **쌍교(雙轎)** 두 마리의 말이 각각 앞뒤의 채를 메고 가는 가마.
◦ **직첩(職牒)** 조정에서 내리는 벼슬아치의 임명장.
◦ **정렬부인(貞烈夫人)** 행실이 바르고 곧은 부인에게 내리던 작위.
◦ **사직(社稷)** 토지의 신인 '사(社)'와 곡식의 신인 '직(稷)'에 제사 지내는 제단으로, 나라를 달리 이르는 말.
◦ **위공(衛公)** '위국공'을 줄여 이르는 말.
◦ **승전고(勝戰鼓)** 전쟁에서 승리하였을 때 울리는 북.

"짐이 밝지 못한 탓으로 위공이 늙은 나이에 고생을 하였으니 짐이 도리어 부끄럽도다."

천자가 한 손으로 위공의 손을, 또 한 손으로는 원수의 손을 잡고 보국을 돌아보며 말하였다.

"짐이 어찌 수레를 타고 경들을 맞으리오."

그리하여 천자가 삼십 리 길을 걸어오니 신하들 또한 함께 걸었고, 백성들이 길을 에워싸고 이들을 구경하며 칭찬이 끊이지 않았다.

천자는 궁에 당도하여 자리에 앉고는 원수를 좌승상 청주후에, 보국은 대사마 대장군 이부시랑에 봉하고, 남은 장수들에게도 차례로 공에 맞게 벼슬을 내리었다.

천자가 원수에게 물었다.

"경이 다섯 살에 부모를 잃었다 하니 누구의 집에서 자랐으며, 병법은 누구에게 배웠는가? 또한 경의 모친은 누구에게 가서 십삼 년을 고생하며 지내다가 벽파도에서 위공을 다시 만났느뇨? 사정을 듣고자 하노라."

원수가 지금까지 일을 자세하게 아뢰니 천자가 칭찬하여 말하였다.

"이는 예부터 없던 일이로다. 물에 빠져 죽게 된 경이 여공의 덕택으로 살아서 성공하여 짐을 도왔으니 어찌 여공의 공이 없다고 하리오?"

천자는 즉시 여공을 우복야 기주후에, 그 부인은 공렬부인에 봉하여, 관리에게 직첩을 가지고 무릉포로 가게 하였다. 여공 부부가 직첩을 받자 북쪽을 향하여 네 번 절하고 즉시 채비를 차려 황성으로 올라와서 천자에게 감사의 절을 올리니, 천자가 반가워하며 말하였다.

"경이 평국을 길러 내어 사직을 지키게 하였으니 그 공이 적지 아니 하도다."

여공이 물러 나오니 위공과 정렬부인이 그를 맞아 감사의 말을 전하였다.

"어지신 덕택으로 계월을 구하여 친자식같이 길러 입신양명하게 하시니 은혜가 뼈에 사무칩니다."

위공이 말을 마치며 그간의 일을 생각하니 문득 슬픈 마음이 스치고 지났다. 이를 여공이 보고 더욱 감사하여 공손히 응답하였다. 곁에 있던 평국과 보국 또한 땅에 엎드려 먼 길에 평안히 옴을 치하하였다. 위공과 정렬부인, 기주후와 공렬부인, 춘낭이 서로 예를 갖추어 앉고, 양윤 또한 기쁜 마음으로 한자리에 앉아 이날부터 삼 일 동안 큰 잔치를 열어 다시 돌아옴을 즐기었다.

천자가 평국과 보국을 한 궁궐에 살게 하려고 종남산에 터를 닦고 집을 지어 주니, 집이 천여 칸이 넘고 그 웅장함을 측량할 수 없었다. 집을 다 짓자 노비 천 명과 집 지키는 군사 백 명을 또한 내리었다. 또 비단과 보화를 수천 바리씩 내리니 평국과 보국이 천자의 은혜에 감

• **좌승상 청주후**(左丞相 淸州侯) '좌승상'은 승상의 벼슬을, '청주후'는 작위를 이르는 말.
• **대사마 대장군 이부시랑**(大司馬大將軍 吏部侍郎) '대사마 대장군'은 군을 통솔하는 벼슬을, '이부시랑'은 이부를 담당하는 벼슬을 이르는 말.
• **우복야 기주후**(右僕射 冀州侯) '우복야'는 복야의 벼슬을, '기주후'는 작위를 이르는 말.
• **공렬부인**(功烈夫人) 공덕이 있고 절개가 높은 부인에게 내리던 작위.
• **입신양명**(立身揚名) 성공하여 이름을 드날림.
• **종남산**(終南山) 중국 산서성 남쪽에 있는 산.

사하고 궁궐 안에 각각 거처를 정하였다. 궁궐은 너비가 이십 리가 넘어서 그 웅장하고 찬란함이 천자의 궁궐이나 다름없었다.

평국이 전쟁터에서 돌아온 뒤로 몸이 피곤하여 병이 들었다. 궐내에서 모시는 사람들이 걱정하여 약을 지어 치료하니, 천자가 이 소식을 듣고 놀라서 어의를 보내었다. 어의가 궁에 들어와 평국의 병세를 자세히 보니 병세가 별로 위중하지는 않았다. 그래서 약을 새롭게 지어 주고 천자께 와서 평국의 병세를 아뢰었다.

• 어의(御醫) 궁중에서 임금이나 왕족의 병을 치료하던 의원.

여성과 전쟁

전쟁터를 누빈 여성들

홍계월은 '평국'이라는 이름으로 대원수가 되어 전쟁터를 누볐지만, 현실에서 이런 일은 쉽지 않았습니다. 《홍계월전》 같은 영웅 소설이 인기를 끈 이유도 여성들의 활동 영역이 주로 가정에 국한되었고, 여성들을 무기력한 존재로만 보려는 사회적 시선이 강했기 때문일 것입니다. 하지만 역사를 들여다보면 남성들의 보호를 받기는커녕 남성들을 이끌었던 지도자 여성들, 시대의 한계를 뛰어넘었던 선구자 여성들이 등장합니다.

백년 전쟁을 이끈 오를레앙의 처녀, 잔 다르크(1412~1431)

소작농의 딸로 태어난 잔 다르크는 열세 살 때 영국군으로부터 프랑스를 구하라는 신의 계시를 듣고 샤를 7세를 찾아가 갑옷과 무기 등을 선사받아 오를레앙으로 가서 영국군을 물리칩니다. 하지만 교회를 거치지 않고 신과 직접 소통하였다는 점, 여자인데도 남자의 옷을 입는 사악함을 보였다는 점 때문에 마녀로 판정받아 화형을 당합니다.

차르에게 도전했던 러시아의 반란군 지도자, 아레나 아르자마스카야(?~1670)
17세기 코자크 민족의 반란을 이끈 지도자들 중 한 명인 아레나 아르자마스카야는 6천 명의 반란군을 이끌고 러시아의 남부 도시인 템니코프를 함락시켰습니다. 그러나 러시아의 군주인 차르의 대대적인 공세에 밀려 그녀는 체포되어 화형에 처해졌지요. 오늘날에도 아레나는 러시아의 여성 영웅으로서 널리 추앙받고 있는데, 이는 그녀가 보여 준 남다른 동료애와 용기 때문입니다.

거란군을 물리친 고려 소녀, 설죽화(1001~1019)

설죽화는 11세기 거란족이 고려를 침입하였을 때 강감찬 장군을 도와 거란군을 물리친 인물입니다. 거란의 2차 침입 때 아버지가 전사하자 설죽화는 복수를 다짐하지요. 무관 집안 출신이었던 어머니에게 고된 무예 훈련을 받은 설죽화는 남장을 하고 강감찬 장군을 찾아갔습니다. 장군은 무예 실력을 보고 설죽화에게 선봉장의 직책을 맡겼고, 전투에서 그녀는 용맹함을 뽐내 거란군의 간담을 서늘하게 했습니다.

조선 총독부를 폭파하려 했던 여성 비행사, 권기옥(1901~1988)

권기옥은 상해 임시정부에서 독립군 활동을 했던 우리나라 최초의 여성 비행사입니다. 1917년 미국인 아트 스미스의 곡예비행을 보고 비행사의 꿈을 꾸게 된 그녀는 독립운동을 하면서도 꾸준히 공부해 윈난육군항공학교 제1기생으로 입학했고, 졸업한 뒤에는 중국 공군에서 복무했습니다. 중일 전쟁 때에는 상해의 일본군에게 폭격을 하기도 했지만, 그녀의 소원은 대한민국 독립군의 비행기를 타고 조선 총독부를 폭파하는 것이었습니다. 하지만 당시 우리 독립군의 사정은 여의치 못했고, 결국 그녀는 소원을 이루지 못했습니다. 식민지 백성이자 여성으로서 자신에게 주어진 한계를 거부하는 용기와 열정을 몸소 실천했던 그녀의 삶에서 우리는 진정한 영웅이란 어떤 존재인지 가늠해 볼 수 있습니다.

탄로 난 비밀

차설, 어의가 평국을 진맥하다가 괴이한 일이 있어 수상하다고 아뢰니 천자가 놀라서 물었다.

"무슨 일이 있느뇨?"

어의가 땅에 엎드려 다시 아뢰었다.

"평국의 맥을 보니 남자의 맥이 아니라 이상합니다."

천자가 그 말을 듣자 다시 말하였다.

"평국이 여자라면 어찌 적진에 나가 십만 대병을 물리치고 왔으리오? 그러나 평국의 얼굴이 꽃처럼 붉고 신체가 연약해 보여 의심할 만하니 아직은 아무에게도 말하지 말라."

이때에 평국이 병세가 점점 나으니, 어의가 다녀갔음을 새롭게 생각하게 되었다.

'어의가 나의 맥을 보았으니 분명 나의 정체가 탄로 났을 것이다. 이 제는 어쩔 수 없게 되었으니 다시 여자의 옷으로 갈아입고 규중에 몸을 숨기어 세월을 보냄이 옳겠구나.'

이런 생각이 들자 곧 남자 옷을 벗고 여자 옷으로 갈아입고 부모에게 갔다.

평국이 위공 부부 앞에 앉아 흐느끼며 두 볼에 눈물이 떨어지니 부모가 또한 눈물을 흘리며 위로하였다. 계월이 슬픔에 겨워 우는 모습은 가을날 연꽃이 가는 비에 젖은 듯하고, 하늘의 초승달이 깊은 구름에 잠긴 듯하였다.

'이제는 다시 평국으로 살지 못하리라. 나의 비밀은 사라졌고, 영웅의 시절도 끝이 났구나.'

이날 밤 계월이 천자에게 상소문을 올리니 천자가 받아 보았다.

한림 학사 겸 대원수 좌승상 청주후 평국은 머리를 조아려 천자께 백번 설하옵고 한 장 글을 올리옵나이다. 신첩이 다섯 살 때에 장사랑의 난을 당하여 부모를 잃었고, 다시 수적 맹길의 난을 만나 물에 빠져 죽을 것을 여공의 은덕으로 살아왔습니다. 당시에 생각하기를 여자의 몸으로 살아서는 규중에 늙어 부모의 해골도 찾지 못할 것 같아서 남자의 복식을 갖추어 입고 황상을 속이고 조정에 들어왔습니다. 신첩의 죄는 만 번 죽어도 애석하지 않음을 잘 알기

---

* 규중(閨中) 부녀자가 거처하는 곳.
* 신첩(臣妾) 여자가 임금에게 스스로를 일컫는 말.

에 황상께서 내려 주신 임명장과 도장을 다시 바치나이다. 신첩은 이미 임금
을 속인 무거운 죄를 지었사오니 속히 벌하여 주옵소서.

천자가 상소문을 읽고 용상을 내리치고는 좌우를 돌아보며 말하였다.
"평국의 행동을 보고 누가 여자로 알았으리오! 이는 정말로 드문 일
이로다. 비록 천하가 넓고 넓다지만 글재주와 칼 재주를 모두 갖추고
내게 충성을 다한 평국과 같은 이를 어디서 찾을 수 있으리오? 평국이
나라를 보살피고 아울러 부모에게 효도하는 마음은 어떤 남자와도 견
줄 수 없으리로다. 그러니 이제 평국이 여자임이 드러났지만 어찌 벼
슬을 거두리오."
천자가 이렇듯 말하며 관리에게 명하여 임명장과 도장을 다시 계월
에게 보내고, 계월의 상소문에 답신을 전하였다. 계월이 황공하고 감
사하여 받아 보니, 답신은 이러하였다.

경의 상소를 보니 참으로 놀랍고도 장한 일이오. 지금 경이 충성심과 효심을
모두 갖추어 반란을 꾀한 적들을 물리쳐서 나라를 지킴은 모두 경의 크나큰
은덕이니, 짐이 어찌 경의 여자 됨을 꺼려 하겠소. 이에 임명장과 도장을 도로
보내니 조금도 염려하지 말고 충성을 다하여 나라를 지키고 짐을 도우라.

계월이 천자의 명을 사양하지 못하여 여자의 옷을 입고 그 위에 조
복을 입었다. 또한 전쟁터에서 부리던 장수 백여 명과 군사 천여 명에
게 갑옷을 입혀 집 앞의 들판에 진을 치고 있게 하니 그 위엄이 엄숙

하였다.

하루는 천자가 평국의 아비인 위공을 궁궐로 불러들여 말하였다.

"짐이 원수의 상소를 본 뒤로 고민이 많은지라. 평국이 규중에서 홀로 늙으면 나중에라도 그대의 혼백이 의지할 곳이 없을 것이니 어찌 슬프지 아니하리오! 또한 짐이 평국의 혼인을 직접 중매를 서고 싶은데, 경의 마음이 어떠하뇨?"

위공이 땅에 엎드려 아뢰었다.

"신의 뜻도 그러하오니 소신이 나아가 의논하여 보겠습니다만, 평국의 배필로 누구를 삼고자 하시나이까?"

천자가 일렀다.

"평국과 함께 공부하던 보국을 맺어 주고자 하는데, 경의 마음이 어떠하뇨?"

"신의 뜻도 그러하오니 폐하의 뜻이 마땅하옵니다. 평국이 물에 빠져 죽을 목숨이었지만 여공의 덕택으로 살았습니다. 여공은 평국을 친자식같이 길러 평국은 부귀영화를 누리고, 이별하였던 저와도 만나게 되었습니다. 이뿐만 아니라 보국은 평국과 더불어 공부하고 같은 날에 급제하여 폐하의 성덕으로 벼슬을 받아 만 리 전장에서 생사고락을 함께하였습니다. 더구나 전쟁에서 이기고 돌아와서는 이제 한집에서 같이 살고 있사오니 천생연분인가 하나이다."

* 용상(龍床) 임금이 앉는 의자.
* 조복(朝服) 관리가 조정에 나갈 때 입던 예복.

위공이 궐에서 돌아와 계월을 불러 앉히고 천자의 말을 낱낱이 전하니 계월이 말하였다.

"소녀의 소원은 평생 동안 부모님 슬하에서 지내다가, 부모님 돌아가시면 저도 죽어 다시 남자가 되어 공자와 맹자의 행실을 배워 다시 이름을 날리는 것이었습니다. 그러나 이미 근본이 탄로 났고, 천자의 명령도 이와 같습니다. 또한 부모님 슬하에 다른 자식이 없어 조상의 제사 또한 모실 수 없습니다. 자식이 되어 부모의 말씀을 어찌 거역하오며, 천자의 명령 또한 어찌 거역하오리까? 천자의 말씀을 좇아 보국을 섬겨 여공의 은혜를 만분의 일이라도 갚고자 하오니, 아버님은 천자께 이런 사연을 아뢰어 주십시오."

말을 마치자 계월의 눈에서 눈물이 그렁거리다가 툭 떨어졌다. 계월은 남자 못 됨을 한탄하였다.

위공은 즉시 대궐에 들어가 계월의 말을 천자에게 전하였다. 천자는 크게 기뻐하며 바로 여공을 불러들이라고 하였다. 서둘러 입궐한 여공에게 천자가 말하였다.

"평국과 보국을 부부가 되게 하고자 하니 경의 뜻이 어떠하뇨?"

여공이 아뢰었다.

"폐하의 해와 같고 달과 같으신 덕택으로 어진 며느리를 얻게 되었사오니 감사한 마음에 아뢰올 말씀이 없사옵니다."

여공이 물러 나와 보국을 불러 천자의 말씀을 전하니 보국이 매우

* 슬하(膝下) 무릎의 아래. 부모님의 곁이라는 뜻.

기뻐서 땅에 엎드려 천자의 은혜에 감사하였고, 부인과 집안의 여러 사람들이 모두 기뻐하였다. 이즈음에 천자는 혼인 날짜를 정하는데, 마침 춘삼월 망간이 좋은 날이라 하니, 천자가 택일단자와 예단 수백 필을 갖추어 위공의 집으로 내려보내었다. 위공이 이를 받아 기뻐하며 택일단자를 가지고 계월의 침소에 들어가 전하니, 계월이 받아 보고 말하였다.

"보국은 내가 중군장으로 데리고 있던 사람인데, 이제 그 사람의 아내가 될 줄 어찌 알았으리오. 지금 혼인을 하면 다시는 군례를 받지 못하게 될 터이니, 바라옵건대 아버지께서는 마지막으로 제가 보국에게 군례를 받을 수 있도록 천자께 아뢰어 주십시오."

위공이 계월의 뜻을 천자에게 올리니 천자가 크게 웃고 즉시 군사 오천과 장수 백여 명을 무장시켜 원수에게 보내었다. 계월이 군사가 도착함을 알고 여복을 벗고 갑옷을 갖추어 입었다. 한 손에는 용과 봉황을 새긴 창을, 다른 손에는 명령을 내리는 깃발을 잡고 나서서 군대를 행군하여 진지를 세우게 하였다. 그리고 보국에게 중군장으로서 출두하라는 명령을 내렸다. 집에 있던 보국은 난데없는 명령에 놀랐다가 그것이 계월의 명령임을 알고 분함을 참을 수가 없었다. 그러나 전에 평국의 위풍당당함을 보았기에 감히 거역하지 못하고 갑옷을 갖추어 입고 군문에 대령하였다.

이때에 원수는 좌우를 돌아보며 호통을 쳤다.

"중군장이 어찌 이다지도 거만한가? 바삐 오라!"

원수의 호령이 서릿발 같고 군졸들의 대답 소리가 쩌렁쩌렁하여 온 장안이 끓는 듯하였다. 중군장이 그 위세에 놀라고 겁을 먹어서 허리를 깊숙이 숙인 채 갑옷을 끌며 들어오니, 얼굴은 땀으로 범벅이 되었다. 중군장이 장대 앞에 이르러 멈춰 서서 고개를 숙여 예의를 표하자, 원수가 정색을 하고 꾸짖었다.

"군법이 지엄하거늘, 너는 중군장으로서 즉시 대령하여 나의 명령을 기다릴 것이지 어찌하여 늦었느냐? 네가 군령을 가볍게 생각하여 게으른 마음을 품었으니 너의 죄가 무엄하도다. 즉시 군법으로 너를 다스릴 것이로되, 그간의 정을 생각하지 않을 수 없다. 그러나 그저 넘어갈 수는 없으리라. 여봐라, 중군장을 어서 잡아들여라!"

원수의 명령이 떨어지자마자, 거대한 무사들이 고함을 지르며 우르르 달려들어 중군장의 양쪽 팔을 꽉 끼고 머리와 허리를 움켜쥐더니 번쩍 들어 장대 앞에 무릎을 꿇리었다. 중군장이 깜짝 놀라고 두려워 정신을 잠시 잃었다가 겨우 진정하여 아뢰었다.

"소장이 몸에 병이 있어 치료하는 중이라 서둘러 명령을 따르지 못하였습니다. 게으른 죄를 생각하면 만 번 죽어 마땅하지만 병든 몸이 매를 맞으면 생명을 보존하지 못하겠고, 만일 죽으면 부모에게 불효가 되리니, 엎드려 바라옵건대 원수께서는 넓은 바다와 같은 은덕을 베

• 춘삼월 망간(春三月 望間) 음력 삼월 보름께.
• 택일단자(擇日單子) 혼인 날짜를 정하여 상대방에게 적어 보내는 쪽지.
• 예단(禮緞) 예물로 주는 비단.
• 군례(軍禮) 군대에서 행하는 예식.
• 군문(軍門) 군대 영내의 입구에 있는 문.

풀어서 옛정을 생각하시어 살려 주시면 불효를 면할까 하나이다."

중군장이 머리를 조아려 거듭거듭 애걸하니 원수가 속으로는 우습지만 겉으로는 다시 쩌렁쩌렁한 목소리로 호령하였다.

"중군장이 병이 있으면 어찌 영춘각에서 애첩 영춘과 함께 밤낮으로 풍류를 즐기느뇨? 그러나 나도 옛정이 있으니 이번에는 용서하거니와 다시는 이런 일이 없도록 하라."

원수가 분부하니 보국이 절하고 물러났다. 원수가 이렇게 온종일 즐기다가 군사를 물리고 본궁으로 돌아왔다. 이때에 보국도 원수와 하직하고 돌아와 욕본 사연을 부모에게 낱낱이 일렀다. 여공이 그 말을 듣고 크게 웃고 한편으로는 칭찬하여 말하였다.

"내 며느리는 다시없을 영웅 군자로다. 계월이 너를 꾸짖은 것은 다름이 아니라 어명으로 배필을 맞이하게 되었기 때문이다. 너를 중군장으로 부리다가 이제 다시는 그러지 못하게 되어 마지막으로 너를 부려 본 것이니 너는 조금도 허물치 말라."

그로부터 며칠이 지나 드디어 혼례일이 닥쳤다. 계월은 녹색 치마에 붉은 저고리를 입어 단장하였는데, 시비들이 좌우에서 겨드랑이를 붙들어 조심스럽게 나오는 모습이 자못 그윽하여 마치 비녀를 꽂은 장부와 같았다. 아름다운 태도와 곱디고운 형상은 세상에 비할 바가 없었다. 또한 담장 밖에서 여러 장수와 군졸들이 갑옷을 갖추어 입고 깃발과 칼과 창을 들고 좌우로 갈라 서 있으니 그 엄숙함 또한 헤아릴

어명(御命) 임금의 명령.

수 없었다.

이때 보국이 또한 예복을 갖추어 입고 화려한 안장을 얹은 말에 늠름하게 앉아 봉황 부채로 얼굴을 가리고 계월이 있는 궁으로 들어섰다. 나무로 만든 기러기를 앞에 두고 계월과 보국이 서로 절을 하는 거동은 하늘에서 선관과 선녀가 천도복숭아를 옥황상제께 올리는 것처럼 우아하였다.

예식을 마치고 해가 지자 신랑이 상기된 얼굴로 침실로 향하니, 시녀가 화촉을 준비하여 길을 안내하였다. 신랑이 들어오자 붉은 치마에 비취색 저고리를 입은 선녀 같은 계월이 일어나 맞이하였다. 촛불에 비친 얼굴을 서로 바라보게 되니 그 모습은 하늘의 해와 달이 빛나는 듯하였다. 보국이 얼굴 가득 웃음을 지으며 한참을 들여다보더니 가까이 와 손을 잡고 말하였다.

"전일에 대원수 지위에 높이 앉아서 나를 엄숙하게 꾸짖을 때에는 어찌 오늘과 같은 날이 있을 줄 알았으리오?"

신부는 쪽진 머리를 숙이고 미소만 띨 뿐 아무 말도 하지 않았다. 보국도 미소를 짓더니 촛불을 불어 끄고는 계월의 손을 잡고 화려한 비단 휘장 안으로 들어가 동침하니, 그 즐거움이 극진하였다. 이튿날 날이 밝자 두 사람이 위국공과 정렬부인에게 인사를 드리니 위공 부부가 즐거움을 이기지 못하였다. 또한 기주후와 공렬부인을 뵈오니, 기주후가 기뻐서 말하였다.

"세상일은 정말 헤아릴 수가 없도다. 내가 너를 며느리로 삼을 줄 어찌 알았으리오?"

이 말을 듣자 계월이 일어나 다시 절하고 아뢰었다.

"저의 죽을 목숨을 구하신 은혜와 십삼 년을 양육하셨는데도 제 근본을 아뢰지 않은 죄는 말로 다할 수 없습니다. 다행히 하늘이 도와 이제 시아버지와 시어머니로 모시게 되었으니 이는 진정으로 소녀가 바라던 바이옵니다."

계월 부부가 시부모를 모시고 이렇듯 정담을 나누며 하루를 보내었다. 해가 져서 본궁으로 돌아가려고 금덩을 타고 군사들의 호위를 받으며 중문으로 나오는데, 계월이 눈을 들어 영춘각을 바라보니 보국의 애첩 영춘이 난간에 걸터앉아 내려다보고 있었다. 계월이 분노가 치솟아 가마를 세우고 무사를 호령하여 영춘을 잡아들이라고 하였다. 무사들이 영춘을 잡아 가마 앞에 무릎 꿇리자 계월이 호령하였다.

"네가 중군장의 힘만 믿고 교만함이 가소롭구나! 감히 난간에 높이 걸터앉아 내게 예의를 갖추지 않으니 너같이 요망한 년을 어찌 살려 두리오? 당당히 군법으로 처단하리니, 무사들은 무엇하느냐! 문밖에 내어 목을 베어라!"

말이 끝나기도 전에 무사들이 달려들어 영춘을 잡아내어 베었다. 이 광경을 본 군졸과 시비 들이 놀라고 두려워 바로 보지 못하였다.

이때에 보국이 영춘이 죽었단 말을 듣고 분을 이기지 못하여 부모에게 달려갔다.

"계월이 전에 대원수가 되어 소자를 중군장으로 부릴 때에는 군대

• **화촉**(華燭) 혼례에 쓰이는 초.

의 상관과 부하 사이였으니 어쩔 수 없었으나, 지금은 소자의 아내가 아니옵니까? 어찌 소자가 사랑하는 영춘을 함부로 죽일 수 있단 말입니까?"

여공이 보국의 말을 듣고 만류하여 말하였다.

"계월은 비록 네 아내가 되었지만 벼슬은 그대로 있다. 또한 계월은 의기가 당당하여 너를 부릴 만한 사람이지만, 오히려 예로써 너를 섬기니 어찌 함부로 말할 수 있겠느냐. 또 영춘이 네 첩이랍시고 스스로 교만을 떨다가 죽었으니 누구를 원망하겠느냐? 하물며 계월이 잘못하여 노비를 죽인다고 하여도 누가 감히 잘못하였다 하리오? 너는 조금도 괘념치 말고 마음을 변치 말라. 만일 영춘을 죽였다고 이를 마음에 두면 부부 사이도 나빠질 것이요, 또한 천자께서 정하신 일이 잘못되면 너 또한 해로울 것이니 부디 조심하여라."

보국이 오히려 얼굴색이 변하여 말하였다.

"부친께서는 부당한 말씀을 하십니다. 세상에 어느 대장부가 계집에게 괄시를 당하며 살겠습니까?"

보국이 이후로는 계월의 방에 들지 아니하였다. 계월이 생각하되, '보국이 영춘의 일로 오지 않으니, 누가 보국을 남자라 하리오.' 이러면서 남자가 되지 못하였음을 분하게 여겨 눈물로 세월을 보내었다.

각설, 이때에 황성의 남쪽 관문을 지키는 남관장이 급한 장계를 올렸다. 천자가 열어 보니, 내용은 이러하였다.

오왕과 초왕이 나라를 배반하여 지금 장안을 침범하고자 하옵니다. 오왕은 구덕지를 얻어 대원수로 삼았고, 초왕은 장맹길을 얻어 선봉으로 삼아 장수 천여 명과 군사 십만을 거느리고 벌써 남쪽의 성 십여 개를 무너뜨렸습니다. 형주 자사 이완태를 베고 쳐들어오고 있으나 소장의 힘으로는 막을 길이 없어서 감히 요청하오니, 황상은 어진 장수를 보내어 막으소서.

천자가 보고 깜짝 놀라서 조정의 모든 신하를 불러 의논하였다.

우승상 정연태가 나서서 말하였다.

"이 도적을 막을 자는 좌승상 평국밖에 없사오니, 어서 평국을 부르소서."

천자가 이 말을 듣고 한참을 고민하다가 겨우 입을 열었다.

"평국이 전에는 당당한 남자로 벼슬에 있어서 함께 나라의 일을 의논하였지만, 지금은 규중의 여자로 있으니 어찌 불러서 전쟁터에 보내리오."

이에 여러 신하가 아뢰었다.

"평국이 지금 규중에 있지만 원수로서 이름이 세상에 드높고, 또한 여전히 벼슬을 맡고 있사오니 어찌 장수로 전쟁터에 보내는 것을 꺼려하시나이까?"

천자가 이 말을 듣고 마지못하여 평국을 부르게 하였다.

이때 평국은 규중에 홀로 있으면서 매일같이 시비 한 명과 장기나 바둑을 두면서 세월을 보내고 있었다. 어느 날 황궁에서 관리가 나와

• 우승상(右丞相) 옛 중국의 벼슬인 승상. 우리나라의 우의정에 해당한다.

천자가 급히 부른다는 말을 전하니 평국이 놀라 급히 여복을 벗고 관복으로 갈아입었다. 평국이 관리를 따라 궁에 들어와 천자 앞에 엎드리니 천자가 기뻐 말하였다.

"경이 규중에 있어서 오랫동안 보지 못하여 내가 밤낮으로 그리워했는데, 이제 다시 보니 기쁘기 한량없도다. 짐이 덕이 없어서 지금 오왕과 초왕이 나라를 배신하여 여러 성을 함락하고 황성을 침범하고자 하니, 경은 어서 빨리 출전하여 나라를 평안하게 하라."

평국이 고개를 숙이고 엎드려 말하였다.

"신첩이 외람되게도 폐하를 속이고 높은 벼슬을 받아 영화롭게 지냄이 황공하였는데, 이제 죄를 용서하시고 이처럼 아껴 주시니 신첩이 비록 어리석고 모자라지만 힘을 다하여 폐하의 성은을 만분의 일이라도 갚고자 하오니 근심치 마옵소서!"

여성이 입어야 했던 특별한 것들

치마와 저고리를 벗음으로써 홍계월은 장차 대원수가 되는 남성의 삶으로 접어들었습니다. 이처럼 여성 특유의 옷차림은 단지 신체를 보호하고 멋을 내는 개인적인 도구만이 아니라, 개인에게 여성으로서의 삶을 받아들이게 하는 사회적인 수단이기도 했습니다. 사회가 권장하거나 강요하는 여성의 옷을 입음으로써, 여성은 그런 옷차림으로 살아가야 하는 삶을 받아들이게 되는 것이지요. 여성이 입어야 했던 이런 복식들은 한편으로는 여성을 억압하기도 했지만, 특별한 자부심을 주기도 했습니다.

쓰개치마와 장옷

쓰개치마란 조선 후기에 여성들이 외출할 때 얼굴을 가리기 위해 머리에 둘러썼던 옷입니다. 치마와 비슷하게 생겼지만, 얼굴을 가리는 부분을 잡기 좋게 끈이 달렸습니다. 쓰개치마와 비슷한 것으로 장옷도 있습니다. 장옷은 장의라고도 하는데, 쓰개치마와 달리 소매가 달려 있습니다. 사대부 집안 여성들은 장옷을 머리에 둘러쓰고 외출을 하였다고 합니다. 왜 여성의 얼굴을 다른 남성들에게 보이지 않게 했을까요? 아마도 여성이란 남편이나 아버지 등 남성에게 종속되어 있다는 생각이 깔려 있었을 것입니다.

이슬람의 베일

이슬람 문화권에서는 여성들이 외출할 때 얼굴이나 신체 일부분을 가리기 위해 베일을 착용합니다. 지역에 따라 가리는 신체 부위가 다르고, 베일의 색깔, 천 등이 다양합니다. 부르카, 니캅, 차도르, 히잡 등 이슬람의 여러 베일도 조선의 쓰개치마처럼 여성의 신체를 강제로 가린다는 점에서 여성의 주체성을 무시하는 것처럼 보입니다. 그러나 이런 시각이 정당한지는 고민해 볼 필요가 있습니다. 오히려 여성인권 운동가들은 이슬람의 베일이 이슬람 여성으로서의 정체성을 과시하고 남성들의 불필요한 성적 유혹으로부터 보호해 준다는 점에서 자랑스러워하기도 하니까요.

전족

전족은 여성의 발을 작게 만들기 위해 헝겊으로 발을 동여매던 중국의 풍습입니다. 여자아이가 서너 살이 되면 엄지발가락을 제외한 나머지 발가락을 발바닥 쪽을 향해 굽어지도록 헝겊으로 단단히 감은 뒤, 그 발에 맞는 가죽신을 신깁니다. 그러면 발이 제대로 자라지 못해서 발의 크기가 평생 10센티미터 정도로 멈추게 됩니다. 전족을 한 첫 1년 동안은 고통스러워서 아예 외출을 할 수 없고, 커서도 뒤뚱거리며 걷거나 장시간 서 있을 수 없다고 합니다. 무려 천여 년 동안 유행했던 전족으로 중국 여성의 활동은 제한되었고, 사회 활동은 거의 불가능했습니다.

코르셋

코르셋은 몸통 부분을 죄어서 원하는 모양을 갖추게 하던 일종의 속옷입니다. 여성들이 주로 허리를 잘록하게 하고 가슴과 엉덩이를 풍만하게 보이려고 착용하였습니다. 하지만 시대에 따라 풍만한 몸매가 아니라 밋밋한 몸매를 위한 코르셋이 유행하거나, 남성들도 역삼각형 몸매로 보이려고 코르셋을 입기도 했으며, 척추 측만증 환자에게는 의료용으로 코르셋이 권장되기도 했습니다.

다시 입은 갑옷

차설, 천자가 기뻐하며 즉시 대군을 마련하여 평국에게 주었다. 평국이 군대를 접수하자 진지를 구축한 뒤, 친히 붓을 들어 보국에게 명령을 내리었다.

지금 적군이 몰려오니 중군장은 바삐 대령하여 군령을 어기지 말라.

보국이 전령을 받아 들고 분함을 이기지 못하여 부모에게 달려갔다.
"계월이 또 소자를 중군장으로 부리려고 하오니 세상에 이런 일이 또 어디 있습니까?"
여공이 위로하였다.
"그렇게 내가 전에 뭐라고 하더냐. 계월을 괄시하다가 이런 일을 당하였으니 누구를 탓하겠느냐? 나라의 일이 급하니 어쩔 도리가 없다."

여공이 보국에게 어서 출전하라고 재촉하니 보국이 하릴없이 갑옷을 갖추어 입고 서둘러 군대에 합류하였다. 원수가 모든 장수를 모아 놓고 말하였다.

"이제 적군을 맞아 큰 전투를 벌이게 되었다. 만일 명령을 거역하는 자가 있으면 군법으로 다스리리라."

중군장이 이 말을 듣고 두렵고 놀라 처소로 돌아와 명령이 나기만 기다렸다. 원수가 여러 장수들에게 각각 임무를 정하여 주고, 구월 열이틀에 행군하여 십일월 초하루에 남관에 당도하였다. 사흘을 머물다가 다시 떠나 닷새 만에 천축산을 지나 한 곳에 이르니, 적군이 너른 광야에 진을 쳤는데 굳고 단단함이 철통과 같았다. 원수가 적진을 향하여 진을 치고 호령하였다.

"이제 전투를 앞에 두었으니 명령을 어기는 자는 엄히 다스리겠다!"

호령이 서릿발과 같으니 여러 장수와 군졸 들이 두려워하여 어쩔 줄을 몰라 하고, 보국 또한 조심하였다.

이튿날 원수가 중군장에게 오늘은 직접 나가 싸우라고 분부하였다. 중군장이 명을 받들어 말에 올라 장검을 들고 적진을 마주하여 외쳤다.

"나는 명나라 중군장 보국이다. 대원수의 명을 받아 너희의 머리를 베려 하니 바삐 나와 나의 칼을 받아라!"

* **전령(傳令)** 명령을 적어 보내는 문서. 또는 그렇게 보낸 명령.
* **천축산(天竺山)** 중국 감숙성에 있는 산.

적장 운평이 이 소리를 듣고 대로하여 말을 몰아 달려들자, 보국도 망설임 없이 장검을 들고 맞아 싸웠다. 수합이 못 되어서 보국이 칼을 날려 운평의 칼 든 팔을 베니 운평이 말에서 떨어졌다. 보국이 달려들어 운평의 머리를 베어 들고 본진으로 돌아가려 하는데, 적장 구덕지가 이 광경을 보고 분한 마음에 장검을 높이 들고 말을 몰아 달려들었다. 또한 난데없이 적병들이 사방에서 우르르 쏟아지니 보국이 당황하여 피하고자 했으나, 벌써 수많은 적병들이 고함을 지르며 보국을 천여 겹으로 에워싸고 말았다. 짓쳐오는 병사들을 보며 보국이 하늘에 탄식할 때에 원수가 사태가 다급함을 알고 급히 말을 몰아 적진으로 뛰어들었다. 원수가 장검을 날리며 적진을 휘젓고 다니니 동에 번쩍하면 서쪽 장수를 베고, 남에 번쩍하면 북쪽 장수를 베었다. 적병들이 놀라고 당황하여 어찌할 줄 모르는 사이에 원수가 벌써 적장 오십여 명을 베고 보국을 구하여 본진으로 돌아갔다.

장대 앞에 도착하여 원수가 말에서 내리자, 보국이 부끄러워서 원수 보기를 민망해 하였다. 그러자 원수가 보국을 조롱하여 말하였다.

"저러하고도 평소에 남자라고 나를 업신여기더니 이제부터는 어이하리오?"

원수가 말을 마치더니 장대에 앉아 구덕지의 머리를 함에 담아 황성으로 보내었다.

이때에 오왕과 초왕이 구덕지가 죽는 것을 본 뒤 크게 실망하여 서로 말하였다.

"평국의 용맹함을 보니 옛날 조자룡이라도 당해 내지 못할 지경이니 어찌 그를 대적하리오? 더구나 우리 장수 구덕지가 죽었으니 이제 누구와 함께 큰일을 도모하리오? 진실로 우리 두 나라가 평국의 손에 망하리로다."

오왕과 초왕이 사태가 심상치 않음을 깨닫고 눈물을 흘리니, 곁에 있던 장수 맹길이 말하였다.

"대왕께서는 염려치 마옵소서. 소장에게 한 가지 묘한 계책이 있으니, 평국이 아무리 영웅이라 해도 이 계교는 절대 빠져나갈 수 없을 것입니다."

초왕이 이 말을 듣고 기뻐 물었다.

"경에게 어떤 계교가 있는지 듣고자 하노라."

"평국이 모르게 군사를 거느리고 양자강을 건너가서 바로 황성을 기습하면, 천자가 분명 황성을 버리고 항서를 올릴 것입니다. 천자가 항복하면 제 아무리 평국이라 해도 도리가 없을 것이니 이보다 좋은 계책이 어디 있겠습니까?"

오왕과 초왕이 모두 옳다고 여기니, 맹길이 즉시 부하 관평을 불러 명령하였다.

"그대는 나를 대신하여 본진을 지키라. 평국이 아무리 싸우고자 하여도 나서지 말고 내가 돌아오기를 기다리라."

이날 밤 자정에 맹길이 장수 백여 명과 군사 일천 명을 거느리고 몰

• **조자룡(趙子龍)** 중국 소설 《삼국지연의》에 등장하는 용맹한 장수. 유비를 도와 촉나라를 세웠다.
• **양자강(揚子江)** 중국 대륙을 가로지르는 긴 강.

래 황성으로 갔다.

　이때에 천자는 원수가 보낸 구덕지의 머리를 받아 보고 크게 기뻐하사 뭇 신하들을 모아 놓고 평국 부부를 칭찬하며 태평하게 지내고 있었다. 하루는 오나라와 초나라 쪽을 지키는 장수가 장계를 올렸으니, 그 내용은 이러하였다.

　양자강 백사장 위로 느닷없이 천병만마가 들이닥치더니 황성을 향하여 맹렬히 달려가고 있나이다!

천자가 장계를 보고 놀라 모든 신하를 불러 의논하고자 하였다. 그러나 벌써 맹길의 군대가 황성의 동쪽 문을 깨부수고 장안으로 짓쳐들어왔다. 백성들을 무수히 살해하고 대궐에 불을 지르니 그 불빛이 하늘에 닿았다. 장안의 모든 백성이 혼란스럽게 도망하니 물이 끓어오르는 것만 같았다.

천자가 크게 놀라고 두려워서 용상을 두드리다가 그만 기절하니 우승상 정연태가 천자를 등에 업고 북문으로 도망하고자 하였다. 천자를 모시는 신하 이백여 명이 정연태를 따라 북문을 나와 천태령을 넘어가는데, 적장 맹길이 뒤쫓아오며 고함을 질렀다.

"명나라 황제는 도망치지 말고 항복하라!"

맹길의 칼날이 번뜩이는 것을 보자 신하들이 혼비백산하여 달아났다. 그러나 곧 큰 강이 가로질러 흘러서 길이 막혔다. 오도 가도 못하게 되자 천자가 하늘을 우러러 탄식하였다.

"아아, 이제는 죽으리로다. 앞에는 큰 강이오, 뒤에는 적병이 급하니 이 일을 어찌하리오?"

천자가 슬픔을 이기지 못하여 스스로 죽고자 했으나 맹길이 벌써 들이닥쳐서 창으로 천자를 겨누었다.

"죽기가 아깝거든 항서를 바삐 올리라!"

맹길의 말에 천자 곁을 지키던 신하가 애걸하였다.

"종이와 붓이 없으니 성안에 들어가서 항서를 써 올리겠습니다. 부디 장군은 우리 천자를 해치지 마소서."

이 말에 맹길이 눈을 부릅뜨고 꾸짖었다.

"네 왕이 목숨을 아끼거든 손가락을 깨물고 옷자락을 찢어 항서를 올리라!"

천자가 맹길의 호통에 놀라 입고 있던 곤룡포의 소매를 찢더니 하늘을 우러러 대성통곡하였다.

"아아, 수백 년을 지켜 오던 나라가 내게 와서 망할 줄을 어찌 알았으리오!"

마침내 천자가 손가락을 입에 물어 깨물고자 하니, 하늘의 해가 빛을 잃고 땅의 풀과 나무 들은 푸르름을 잃었다.

이때에 원수는 진중에서 적진을 깨뜨릴 묘책을 생각하고 있었다. 한참을 고민하다가 마음이 산란하여 잠시 밖으로 나와 밤하늘을 바라보니 천자의 별자리에 어두운 기운이 가득하고 근처의 별들이 모두 살기를 띠고 있었다. 원수가 깜짝 놀라 중군장을 불러 말하였다.

"별자리를 살펴보니 천자의 목숨이 매우 위태하도다. 내가 급히 말을 몰아 가려 하니, 너는 군대를 거느려 진문을 굳게 닫고 내가 돌아오기를 기다려라."

중군장이 놀라는 사이, 원수는 갑옷을 갖추어 입고 한 필의 말에 올랐다. 그러고는 한 손에 칼을 쥐고 밤새 황성을 향하여 달려 한참만에 동녘이 밝아 올 즈음해서 황성에 도착하였다. 쉬지 않고 먼 길을 오느라 원수의 몸은 땀으로 흥건하여 갑옷 속이 모두 젖었다.

원수가 성안에 들어가 보니 장안이 비었고 궁궐은 불에 타 겨우 그슬린 뼈대만 남아 있었다. 놀라고 슬퍼서 큰 소리로 울며 두루 돌아다녔으나 한 사람도 만날 수가 없었다. 천자가 간 곳을 알 수 없어서 어찌할 줄 몰라 하고 있는데, 문득 수챗구멍에서 한 노인이 나오다가 원수를 보고 급히 다시 들어가는 것이 보였다. 원수가 얼른 쫓아가며 외쳤다.

· 곤룡포(袞龍袍) 가슴과 등, 양어깨에 용을 수놓은 임금의 옷.

"나는 도적이 아니라 대원수 평국이니 놀라지 말고 나와서 천자의 거처를 알려 주시오!"

그 노인이 그제야 울면서 도로 기어 나오는데, 원수가 자세히 보니 기주후 여공이었다. 원수가 깜짝 놀라 급히 말에서 내려 땅에 엎드려 통곡하며 말하였다.

"시아버님은 무슨 까닭으로 이 수챗구멍에 몸을 감추고 있으며, 저의 부모와 시어머님은 어디로 피난하여 계십니까?"

여공이 원수의 옷을 붙들고 울며 말하였다.

"뜻밖에 도적이 들어와 대궐에 불을 지르고 마구 노략질을 해 대니 장안 사람들이 모두 도망하였다. 나도 다급하게 도망가려 하였으나 갈 길을 몰라 겨우 이 구멍에 들어가 난리를 피하였으니, 네 부모와 시어머니가 간 곳도 모르겠다."

원수가 여공의 손을 잡고 위로하였다.

"설마 다시 만날 날이 없사오리까? 황상은 어디로 가셨나이까?"

"여기에 숨어서 보니, 한 신하가 천자를 업고 북문으로 도망하여 천태령을 넘어갔으나 그 뒤를 도적들이 쫓아갔으니 반드시 위급하시리라."

"천자를 구하려 하오니 제가 돌아오기를 기다리소서."

원수가 놀라 말하더니 말에 올라 천태령으로 향하였다. 순식간에 천태령 꼭대기에 다다라 아래를 내려다보니 십 리 사방에 적병들이 쫙 깔려서 온 평야를 뒤덮었고, 항복하라는 소리에 산천이 진동하고 있었다. 원수가 이 소리를 듣자 털이 쭈뼛쭈뼛 치솟아 저 멀리까지 크게 고함을 질렀다.

"적장은 들으라! 우리 황상을 해치지 말라! 대원수 평국이 여기 왔노라!"

천태령 꼭대기에서 갑자기 날카롭고도 분노에 찬 소리가 메아리쳤다. 평야에서 천자를 희롱하던 맹길이 이 소리를 듣고 놀라서 천태령을 올려다보았다. 웬 장수 하나가 벌써 말을 채찍질하여 산 중턱을 넘어 날 듯이 내려오고 있었다. 그 장수의 칼날이 번쩍거리는 것을 보자 맹길은 덜컥 겁이 나서 도망하려고 말 머리를 돌렸다. 그러자 다시 가까이에서 고함 소리가 터져 나왔다.

"네가 가면 어디로 가느냐? 도망치지 말고 내 칼을 받아라!"

말이 끝나기 무섭게 원수가 탄 말이 붉은 입을 벌려 순식간에 맹길의 말 꼬리를 물고 늘어졌다. 맹길이 다급하여 몸을 돌려 긴 창을 높이 들어 원수를 찌르려 하자, 원수가 성을 내어 칼을 휘두르니 맹길의 두 팔이 잘려 땅에 떨어졌다. 맹길을 즉시 사로잡고 또한 좌우로 짓쳐 가며 적진의 장수와 군졸 들을 모조리 베고 다니니 무수한 장졸들이 죽었다.

이때 천자는 여러 신하와 더불어 넋을 잃고 앉아 어찌할 줄 모른 채 손가락을 깨물어 막 항서를 쓰려던 참이었다. 원수가 적진 사이에서 이를 발견하고 나는 듯이 달려왔다. 그러고는 말에서 내려 땅에 엎드려 통곡하며 여쭈었다.

"폐하는 옥체를 상하게 하지 마소서. 평국이 왔나이다."

천자가 정신이 혼미한 중에도 평국이란 말을 듣자 불현듯 반갑고도 슬픈 마음이 들어 평국의 손을 잡고 눈물을 흘렸다. 무어라 말을 하고 싶은 듯했지만 아무 말을 못하니, 원수가 황상의 옥체를 보호하였다. 이윽고 천자가 정신을 진정하고 원수를 다시 돌아보며 감격에 겨워 말하였다.

"짐이 이 들판에서 허망하게 쓰러져 죽게 된 것을 원수의 덕으로 살아 나라를 다시 잇게 되었으니, 이 은혜를 무엇으로 다 갚으리오? 강산을 반으로 나누어도 부족하리로다."

그러더니 천자가 다시 의아해 하며 물었다.

"원수는 만리 변방에서 어찌 알고 와서 나를 구하느뇨?"

원수가 고개를 숙이고 아뢰었다.

• 만리 변방(萬里邊方) 황성에서부터 만 리나 떨어진 변경.

"하늘의 별자리를 보고 황상의 위태하심을 알게 되었습니다. 사태가 시급할 듯하여 중군장에게 군사를 부탁하고 밤낮으로 말을 달려 황성에 도착하였더니, 이미 장안이 비었고 폐하의 거처도 알 수 없었

습니다. 그래서 여기저기 헤매던 차에 우연히 시아버지 여공이 수챗구멍에서 나오는 것을 보고 폐하의 가신 곳을 물어 급히 이곳으로 오게 되었습니다. 적장 맹길을 사로잡고 이제 폐하의 옥체 또한 보존하게 되었으니 어찌 다행이 아니겠습니까?"

말을 마치자 원수는 인사를 올리고 남은 적진 장졸들을 낱낱이 결박하였다. 사로잡은 군졸들을 앞에 세우고 황성으로 가는 길에, 원수의 말은 천자가 타고, 맹길의 말은 원수가 탔다. 행군을 독려하는 북을 맹길의 등에 지우고 팔을 높이 들어 울리니, 뒤따르는 병사들은 만세를 부르며 위풍당당하게 황성으로 향하였다.

이때 천자가 말 위에서 용포를 휘날리고 춤을 추며 즐거워하니, 뭇 신하들과 원수도 일제히 팔을 들어 춤을 추고 만세를 부르며 천태령을 넘었다. 그러나 장안에 도착하여 보니 황성 안이 적막하고 대궐은 불에 타 터만 남아 있었다.

"짐이 덕이 없어 죄 없는 백성들과 황후와 태자가 난리 통에 외로운 혼백이 되고 말았으니, 무슨 면목으로 다시 천자의 자리에 올라 천하를 차지하리오!"

천자가 좌우를 돌아보며 통곡하니, 원수가 여쭈었다.

"폐하는 너무 염려치 마옵소서. 하늘이 황상을 내실 때에 저 무도한 도적도 함께 내어 우선 고난을 당하게 하셨지만, 또한 소신을 보내어 그 역경을 이기게 하셨으니 이 모든 것이 다 하늘이 정하신 바입니다. 어찌 하늘이 정한 운수를 탓하오리까? 슬픔을 참으시고 어서 황후와 태자의 거취를 탐지하소서."

천자가 비통한 목소리로 말하였다.

"대궐이 빈 터만 남았으니 어디로 가서 내 몸을 눕힐꼬."

이때에 여공이 수챗구멍에서 나와 천자 앞에 엎드려 통곡하였다.

"소신이 살기만 도모하고 폐하를 모시지 못하였으니 소신을 속히 죽여 뒷사람들에게 징계로 삼으소서."

천자가 쓸쓸하게 답하였다.

"짐이 경 때문에 변을 당함이 아닌데 어찌 경의 죄라 하리오. 다시는 그런 말은 하지 말라."

여공이 또 아뢰었다.

"폐하께서 아직 안정을 취하실 궁궐이 없사오니 우선 종남산 밑에 있는 원수의 집으로 자리를 옮기심이 좋을까 하나이다."

천자가 그 말을 듣고 종남산 아래로 와서 보니 외로운 집만 덩그러니 남아 있었다. 원수가 아랫사람들에게 명하여 전각 한 채를 깨끗이 치우고 천자를 모시게 하였다.

이튿날 날이 밝자 원수가 와서 아뢰었다.

"이제 도적을 베겠으니 폐하는 굽어살펴 주소서."

원수가 높은 장대를 세우고 거기에 천자의 자리를 마련하였다. 그러고는 그 밑에 따로 원수의 자리를 두어 앉더니 무사에게 호령하였다.

"도적들을 차례로 앉히라!"

무사들이 도적들을 끌고 나와 장대 아래에 무릎을 꿇렸다. 원수가 차례로 죄를 물은 뒤, 무사들에게 베라 하였다. 그러더니 한 도적을 가리키며 천자에게 아뢰었다.

"저 도적은 소신의 원수이옵니다. 죄목을 낱낱이 적어 올리오니 살펴 주옵소서."

말을 마치고 원수가 자리에 앉자 무사들이 맹길을 결박하여 가까이 데려와 꿇어앉혔다. 원수가 큰 소리로 물었다.

"네가 초나라 땅에 산다고 하니, 그 지명을 자세히 말하라."

맹길이 말하였다.

"원래는 소상강 근처에서 살았나이다."

"네가 수적이 되어 강으로 돌아다니며 장사하는 배들을 탈취하였느냐?"

"과연 흉년을 당하였을 적에 배고픔을 견디지 못하여 무리를 끌고 다니며 사람을 살해하고 재물을 빼앗아 먹었나이다."

원수가 또 물었다.

"그렇다면 아무 년에 엄자릉의 조대에서 홍 시랑 부인을 비단으로 동여매고 그 품에 안겨 있던 어린아이를 산 채로 강물에 넣은 일이 있느냐? 바른대로 말하여라."

맹길이 그 말을 듣고 땅에 엎어지며 울먹였다.

"이제는 죽게 되었으니 어찌 장군을 속이리까. 과연 그러한 일이 있었나이다."

원수는 노기가 얼굴에 번져 눈썹이 떨리고 볼이 붉어지더니 큰 소리로 말하였다.

"나는 다른 사람이 아니라 그때에 네가 자리에 싸서 강물에 던진 계월이다."

맹길이 이 말을 듣고 더욱 정신이 아득하여 어찌할 줄 몰라 하니, 원수가 벌떡 일어나 직접 맹길에게 가 맹길의 상투를 잡고 외쳤다.

"자, 이제 내가 누구인지 똑똑히 보거라. 내 너를 죽여 원수를 갚겠노라."

원수가 맹길의 머리를 팽개치자 무사들이 데리고 나가 베었다. 원수가 이를 보고 천자에게 아뢰었다.

"폐하의 넓으신 덕택으로 평생 마음속에 간직하였던 소원을 다 풀었사오니 이제 죽어도 한이 없나이다."

천자가 원수의 사연을 듣고 위로하였다.

"이는 다 경의 충성심과 효심에 하늘이 감동하심이라."

도적들을 처단하고 천자가 보국의 소식을 알지 못하여 걱정하니 원수가 아뢰었다.

"신이 보국을 데려오겠사옵니다."

원수가 바로 떠나려 하는 즈음에 중군장이 올린 장계가 도착하였다. 천자가 즉시 열어 보니 이렇게 쓰여 있었다.

대명국 대사마 대장군 중군장인 보국은 황상께 백번 절하옵고 아뢰나이다. 원수 평국이 황상을 구하러 간 뒤 소신이 무거운 책임을 홀로 맡았으나 도적을 물리칠 방법이 없었는데, 하늘이 도우사 한 번 크게 북을 울리며 진격하여 초나라와 오나라의 항복을 받았나이다.

마지막 전쟁

천자가 읽기를 마치매 원수를 돌아보고 말하였다.

"이제 보국이 오나라와 초나라 두 왕을 사로잡았다 하니 나라에 큰 복이 아닐 수 없도다. 이런 기별을 듣고 짐이 어찌 앉아서 맞으리오."

천자가 뭇 신하들을 거느리고 직접 보국을 맞으러 나갈 때, 평국으로 선봉을 삼고 천자는 스스로 중군장이 되어 좌우에 장수들을 둘러세우고 보국의 진을 향하였으니, 선봉장 평국이 갑옷을 갖추어 입고 백마를 타고 손에 깃발을 쥐고 맨 앞에 서서 나아갔다.

이때에 보국이 초나라와 오나라의 두 왕을 잡아 앞세우고 승전고를 울리며 황성으로 향하였다. 여러 날 만에 황성에서 삼십 리쯤 되는 곳에 다다라 앞을 보니, 한 장수가 오고 있었다. 보국이 살펴보니 깃발과 칼 빛은 원수의 것이지만 말은 평소 원수가 타던 말이 아니라 백마였다. 보국이 의심하여 말하였다.

"전군은 진을 치라!"

백마가 점점 달려오매 보국이 생각하였다.

'이는 분명 적장 맹길이 숨겨 둔 복병이로다. 우리 원수의 모습을 흉내 내어 나를 속여 유인함이로다.'

보국이 의심이 깊어지며 어찌할 줄 모르거늘 이때에 천자가 이 거동을 보고 원수 평국을 불렀다.

"짐이 보국을 보니, 원수를 보고 적장으로 여겨 의심하는 것 같도다. 원수는 거짓으로 적장인 체하고 중군장을 속여 짐으로 하여금 구경케 하라."

원수가 웃으며 아뢰었다.

"폐하께서 말씀하심이 소신의 뜻과 같사옵니다. 이제 하교를 받들어 행하겠습니다."

원수가 갑옷 위에 검은 군복을 껴입고 백사장에 나서며 깃발을 높이 들고 말을 채찍질하여 보국의 진으로 달려갔다. 이에 보국은 정말로 적장인 줄 알고 갑옷을 단단히 여미고 말 위에 올라 달려들었다. 평국이 곽 도사에게 배운 도술을 부리니 갑자기 큰 바람이 일어나고 검은 구름과 안개가 자욱하여 지척을 분간할 수 없게 되었다. 보국이 놀라고 겁을 내어 어찌할 줄 몰라 하는 사이에 평국이 소리를 높게 지르며 달려들어 보국의 창을 빼앗아 내던지고 보국의 멱살을 잡아 공

● **하교**(下敎) 윗사람이 아랫사람에게 내리는 가르침, 명령.

중으로 치켜들었다. 그러고는 보국이 숨이 막혀 버둥거리는 것도 아랑 곳하지 않고 말을 채찍질하여 천자 있는 곳으로 달려가니, 보국이 몸 을 뒤틀어 겨우 한 차례 숨을 크게 쉬고 외쳤다.

"평국은 어디 가서 보국이 죽는 줄 모르는고?"

보국이 울며 외치는 소리가 처량하게 퍼지자 진지에 있던 군사들이 모두 술렁거리고 천지가 떠들썩해졌다. 원수가 이 말을 듣고 보국을 땅에 내려놓고는 웃으며 말하였다.

"네가 어찌 평국에게 달려오며 평국을 부르느냐?"

평국이 손뼉을 치며 크게 웃으니 보국이 그제야 고개를 들어 보니 과연 평국이었다. 보국이 평국을 보니 슬픈 마음은 간 데 없고 도리어 부끄러움을 걷잡을 수 없었다.

천자가 이 광경을 보고 크게 웃으며 보국의 손을 잡아 이끌었다.

"중군장은 오늘 원수에게 욕봄을 조금도 마음에 두지 말라. 이는 원수가 제 스스로 한 것이 아니라 짐이 경 등의 재주를 보려고 시킨 것이다. 지금은 원수가 전쟁터에서 그대를 부끄럽게 했지만, 난리가 끝나 황성에 돌아가면 예로써 그대를 섬길 것이니 부부의 도리를 상 하지 말라."

이렇게 중군장을 위로하니 그제야 보국이 웃으며 땅에 엎드려 아뢰 었다.

"폐하의 하교가 지당하옵니다."

평국과 보국이 천자를 모시고 황성으로 환궁할 때, 오초 두 나라 왕의 등에 북을 지우고 무사로 하여금 북을 울리게 하였다. 군대가 너른 평야를 가로지를 적에는 북소리가 묵직하게 들판에 덮이었다.

일행은 마침내 황성에 다다랐다. 천자가 원수의 집으로 거처를 정하여 자리를 마련한 뒤, 무사에게 명하여 오초 두 나라의 왕을 결박하여 계단 아래에 무릎을 꿇린 뒤 꾸짖었다.

"네 무엇이 부족하여 태평성대에 나라를 배반할 마음을 품고 임금을 속여 세상을 요란케 하고, 황성을 침범하여 백성을 두렵게 하며 재물을 노략질하였더냐? 이제 하늘이 무심치 아니하여 너희를 잡아 왔으니 종묘사직에 다행이라, 너희를 다 죽여 국법을 바르게 하고 나라를 평안히 할 것이니 너희는 원한을 품지 말고 마땅히 죽음을 받아들여라."

천자는 즉시 무사에게 성문 밖에 내어 참하라고 명하였다. 또한 황후와 태자가 화재를 당하여 죽은 줄로 알고 그들을 위해 제사를 치르게 하였다. 천자가 제문을 지어 직접 읽으니 모든 신하가 일시에 통곡하였다. 원수가 겨우 옥체를 보호하여 간신히 진정케 하였다. 또한 천자는 군사들을 쉬게 하고 여러 장수들에게는 공에 맞게 차례로 상을 주었다. 조서를 내려 조정에 새로 품계를 둘 적에, 보국을 좌승상에, 평국을 대사마 대장군 위왕에 봉하고는 못내 기뻐하였다. 이에 평국이 여쭈었다.

"제가 무엄하게도 폐하의 넓으신 은혜를 입어 벼슬은 승상의 자리에 올랐고 또한 천하를 평정하였습니다. 나라가 다시 안정을 찾은 것은 모두 폐하의 복이옵거늘 어찌 첩의 공이라 하십니까? 하물며 저는 팔자가 사나워 친부모와 시어머니를 잃었으니, 이제는 벼슬에서 물러나 여자의 도리를 지키며 살고자 하옵니다."

말을 마친 평국이 그동안 지휘하던 군대의 목록과 대원수의 도장, 명령을 내리던 깃발을 바치며 울었다. 천자가 슬픔을 이기지 못하여 위로하였다.

"이는 모두 짐이 박복한 탓이니 오히려 경을 보기가 부끄럽도다. 그러나 위국공 부부와 공렬부인이 난리를 당하여 어느 곳으로 피난하였는지 소식이 있을 것이니 경은 안심하라."

천자가 다시 생각하다가 말하였다.

"경이 규중에 머물기를 원하여 군대의 목록과 대원수의 도장을 다 바치니, 다시는 경을 보지 못하겠구려. 여자로 살겠다는 경의 형편을 내 충분히 알고 있지만, 임금과 신하의 의리를 잃지 말고 한 달에 한 번씩 조회에 참석하여 짐의 울적한 마음을 덜게 하라."

천자가 신하에게 명하여 군대의 목록과 대원수의 도장을 다시 내려 주었다.

"이 목록과 도장은 하늘이 경에게 맡긴 것이니 어찌 내가 도로 받을 수 있겠는가? 안심하고 받으라."

평국이 천자의 말을 듣자 어찌할 바를 몰라 머리를 조아려 절하고 목록과 도장을 받았다. 평국이 보국과 함께 궁을 나서 집으로 돌아오니 그 위엄을 누가 두려워하지 않으리오.

평국이 집에 돌아오자 곧 여자의 옷으로 갈아입고 그 위에 또 조복을 입고 여공을 뵈었다. 평국이 방에 들어오는 것을 보고 여공이 기뻐서 일어나 자리에 앉으니, 원수가 마음에 못내 미안하였다. 평국이

• **종묘사직(宗廟社稷)** 종묘는 역대 임금의 위패를 모신 곳. 사직은 토지의 신과 곡식의 신에게 제사 지내는 곳. 종묘사직은 이 둘을 아울러 왕실과 나라를 이르는 말.
• **대사마 대장군 위왕(大司馬大將軍 衛王)** 대사마 대장군은 군대를 통솔하는 장군의 벼슬. 위왕은 작위.
• **조회(朝會)** 모든 관리가 궁에 와 임금을 문안하고 정사를 아뢰던 일.

여공에게 위국공 부부와 공렬부인이 난리를 당하여 사라진 것을 아뢰었다.

평국은 부모와 시어머니가 분명 오랑캐의 손에 죽었으리라 생각하여 제삿상을 차리고 조정의 신하들을 모두 청하였다. 그러고는 제문을 지어 승상 보국과 더불어 머리를 풀고 부모와 시어머니의 이름을 부르며 슬피 우니, 곁에 있던 사람들이 차마 보지 못하였다. 해가 져서 사람들이 제각각 집으로 돌아가자 그 뒤부터는 평국이 예로써 여공을 섬기니 여공이 한편으로는 기쁘고 한편으로는 두려워하였다.

각설, 이때 위국공은 식솔들을 이끌고 피난을 가 있었다. 부인과 사돈인 공렬부인, 그리고 춘낭과 양윤을 데리고 동쪽을 향하여 가다가 한 물가에 이르렀다. 마침 그곳에서는 여러 시녀가 황후와 태자를 모시고 강가에 앉아 건너지 못하고 서로 붙들고 통곡하고 있었다. 위공이 이 모습을 보고 급히 달려와 땅에 엎드렸다. 황후와 태자가 이에 못내 기뻐하며 눈물을 흘리니 위공이 위로하였다.

"이번 변란은 어찌할 수가 없었으나 천자께서 성덕이 넓으시니 어찌 하늘이 무심하겠습니까. 엎드려 바라옵건대 황후 전하께서는 옥체를 보호하옵소서."

위공이 사방을 둘러보니 앞으로는 강이 흐르고 옆으로는 큰 태산이 있어서 하늘에 닿을 듯하였다. 많은 사람들을 이끌고 강을 건널 수는 없어서 산으로 이어진 좁은 길에 들어섰다. 얼마 못 가서 수많은 봉우리와 골짜기가 눈앞에 펼쳐졌는데, 커다란 봉황과 공작이 사방으로 날아다니고 푸른 소나무와 대나무가 울울창창하여 지척을 살

피기 어려웠다. 그래도 씩씩하게 발걸음을 돋우며 앞으로 들어가니 솔
숲 울창한 사이에 한 초당이 보였다. 위공이 속으로 다행이라 생각하
며 집 밖에 서서 주인을 청하였다.

한 도사가 집에 앉아 있다가 위공이 부르는 것을 보고 급히 내려와
위공의 소매를 잡고 물었다.

"무슨 일로 이 깊은 산중에 들어오셨습니까?"

위공이 인사하고 탄식하여 말하였다.

"나라의 운세가 불행하여 뜻밖에 난리를 만나게 되니 황후와 태자
를 모시고 피난하다가 이곳에 왔나이다."

도사가 놀라서 다시 물었다.

"어데 계십니까?"

"황후와 부인들은 밖에 계십니다."

● **초당**(草堂) 억새나 짚으로 지붕을 인 조그마한 집.

"그럼 황후와 부인들은 안으로 모시고 위공과 태자는 초당으로 가시지요. 여기서 잠시 머무시다가 나중에 시절이 평온해지면 그때에 황성으로 가시는 게 어떻겠습니까?"

위공이 인사하고 집 밖으로 나와 사람들을 차례로 모시었다. 그리고 그렇게 피난 생활이 이어졌다. 깊은 산속이라 찾아오는 이도 없고 위험할 것도 없었다. 그러나 밤낮으로 황성 소식을 알 길이 없어 사람들은 서러워하였다.

하루는 도사가 산 위에 올라 하늘의 기운을 살펴보더니 쓸쓸한 표정으로 내려왔다. 도사는 위공을 보더니 말하였다.

"제가 오늘 하늘의 기운을 살피오니, 이제는 평국과 보국이 도적을 소멸하고 황성에 돌아와 여공을 섬기며 상공과 부인의 위패를 모시고 밤낮으로 통곡하며 지내고 있습니다. 황상께서도 황후와 태자의 안부를 알지 못하여 눈물로 지내고 계시니 상공은 이제 그만 돌아가소서."

위공이 놀라서 물었다.

"제가 평국의 아비 되는 줄은 어찌 아십니까?"

"자연히 알 만하여 알고 있습니다."

도사가 위공에게 길을 재촉하며 편지 한 장을 평국에게 전하여 달라고 부탁하였다. 위공이 편지를 소매에 넣으며 도사에게 사례하였다.

"그대의 덕택으로 죽을 목숨을 구하여 무사히 돌아가니 은혜가 잊기 어렵거니와, 이 땅의 지명은 무엇이라 하옵니까?"

"이 땅의 지명은 익주이옵고, 산의 이름은 천명산이라 하옵니다. 저는 정처 없이 다니는 사람이라 산수를 구경하러 다니다가 황후와 상공을 구하려고 이 산중에 왔습니다. 이제는 저도 이곳을 떠나 촉나라의 명산으로 들어가려 하오니, 이후로는 다시 뵈올 길이 없을 것입니다. 만나고 헤어짐에 아쉬움이 없을 수 없사오나 사정이 절박하오니 부디 조심하여 평안히 행차하옵소서."

도사가 길을 재촉하니 위공이 도사에게 인사하고 헤어졌다.

위공이 황후와 태자와 부인들을 모시고 절벽 사이로 난 좁은 길을 따라 산을 내려오니, 전에 보았던 강이 있었다. 강가의 백사장을 걷자니 옛일이 생각나 위공은 눈물을 흘렸다. 일행이 다시 며칠을 더 걸으며 너른 들판을 건너고 고개를 넘어 오경루라는 곳에 도착하였다. 그리고 이튿날 다시 길을 나서 파주 성문 밖에 다다르니 수문장이 문을 굳게 닫고 군사로 하여금 묻게 하였다.

"너는 누구길래 행색이 그렇게 초라한가? 바른대로 일러 너의 정체를 숨기지 말라!"

성 아래에서 시녀와 위공이 크게 소리 질러 답하였다.

"우리는 변란에 황후와 태자를 모시고 피난하였다가 지금 황성으로 돌아가는 길이니, 너희는 의심치 말고 성문을 바삐 열라!"

군사가 이 말을 듣고 급히 관장에게 아뢰니, 관장이 이 말을 듣고 놀라 급히 나와 성문을 열고 땅에 엎드렸다.

"진실로 저희가 뉘신지 모르옵고 성문을 더디 열었으니 마땅히 벌을 받기를 원하나이다."

◦ **위패**(位牌) 죽은 사람의 이름과 신분 등을 적은 나무패.

태자와 위공이 관장을 위로하였다.

"그대들은 마땅한 도리로 일하였을 뿐이니 안심하고 염려치 말라."

태자와 위공이 성안으로 들어갈 때에 수문장은 황후와 태자가 왔음을 알리는 편지를 천자에게 올렸다.

이때에 천자는 황후와 태자가 변란에 죽은 줄 알고 궐내에 위패를 모시고 날마다 제사를 지내고 있었는데, 하루는 남쪽의 관문을 지키는 장수로부터 편지가 올라왔다. 천자가 열어 보니 이와 같이 적혀 있었다.

위국공 홍무가 황후와 태자를 모시고 남관에 머무르고 있습니다.

천자가 읽기를 마치매 매우 기쁘면서도 슬픔이 다시금 밀려왔다. 곧바로 계월에게 알리니, 계월이 천자의 연락을 받고 기쁜 나머지 바로 조복을 입고 궐로 들어왔다. 계월이 천자에게 축하의 말씀을 아뢰고 나오려 하는데, 천자가 말하였다.

"경은 하늘이 짐을 위하여 내린 사람이라. 이번에도 그대의 아비인 위공이 황후와 태자를 보호하여 목숨을 보전케 하였으니, 이 은혜를 무엇으로 갚으리오."

계월이 머리를 조아려 아뢰었다.

"이는 다 폐하의 넓으신 덕을 하늘이 살피신 것이니, 어찌 신의 아비에게 공이 있다 하겠습니까."

계월이 말을 마치고 바로 승상 보국에게 황후를 맞으러 가게 하였다. 천자가 모든 신하를 거느리고 요지원에서 기다리고, 계월은 대원수의 위의를 갖추고 낙성관까지 영접하러 나갔다. 또한 승상의 위의를 갖추고 길을 나섰던 보국도 남관에 다다라 위공 부부와 모친을 보니 저절로 눈물이 났다. 위공 역시 승상의 손을 잡고 울며 말하였다.

"하마터면 너를 다시 보지 못할 뻔하였다."

이튿날 황후와 태자를 모시고 보국이 황성으로 출발할 때, 춘낭과 양윤과 다른 시녀들은 교자를 타고 길의 양쪽으로 늘어서고, 위공은 황금 안장을 올린 준마에 앉았다. 삼천 궁녀는 푸른 저고리에 붉은 치마를 입고 꽃을 새긴 촛대에 불을 밝혀 들고 황후와 태자가 탄 가마를 에워싸고 왔다. 좌우에서 풍악 소리를 울리고 승상은 맨 뒤에서 군사를 거느려 오니 그 찬란함을 어찌 다 헤아릴 수 있으리오.

떠난 지 삼 일 만에 낙성관에 다다르니 이때 계월이 낙성관에 미리 와 기다리고 있다가 황후 행차가 오는 것을 보고 급히 나가 영접하며 평안히 행차하심을 여쭈었다. 그리고 물러 나와 부모 앞에 엎드려 통곡하자 위공과 두 부인이 계월의 손을 함께 잡고 우니 기쁨과 슬픔이 모두 어리었다. 밤새도록 지난 일을 이야기하고 이튿날 날이 밝자 길을 떠났다.

청운관에 다다르니 천자가 뭇 신하들을 거느리고 자리를 갖추어 기다리고 있었다. 황후 일행이 천자에게 다가와 땅에 엎드리니 천자가 눈물을 흘리었다. 천자가 반갑고도 감격에 겨워 피난하였던 사연을 물

* **위의(威儀)** 격식을 갖춘 태도나 차림새.

으니 황후와 태자가 그간 고생하였던 사연을 낱낱이 말하고 위공을 만났던 일을 자세히 아뢰었다. 천자가 듣고 위공에게 치사하였다.

"경이 아니었다면 황후와 태자를 어찌 다시 보리오."

위공 부부가 천자의 말에 사례하고 물러 나왔다. 천자는 이날로 바로 환궁하여 큰 잔치를 열어 원수와 보국과 위공을 불러 모든 신하와 더불어 며칠을 즐기었다.

하루는 천자가 호부 상서를 불러 하교하였다.

"궁궐을 전과 같이 건축하되, 좋은 날에 궐이 완성되도록 각별히 정성을 들여라."

호부에서 건축을 시작하여 하루하루 쉬지 않더니 불과 몇 달 만에 일을 마치었다. 천자는 기이한 꽃과 향기 나는 난초들을 곳곳에 심고 층층마다 꽃밭을 두게 한 뒤, 황후와 함께 거닐며 즐기었다.

어느 날 위공이 계월과 보국을 불러 도사가 준 편지를 건네니 계월이 받았다. 편지 봉투를 열어 보니 선생의 필적이었다.

한 장의 편지를 평국과 보국에게 부치나니 슬프다, 명현동에서 함께 공부하던 옛정이 백옥같이 굳고 소중하였는데 한 번 이별한 뒤로는 보지 못하였도다. 나는 깊은 산 적막한 곳에 있으면서 너희를 생각하면 눈물이 옷깃에 젖는구나. 이제 다시는 보지 못할 것이니 부디 위로는 천자를 섬겨 충성을 다하고 아래로는 부모를 섬겨 효성을 다하여라. 전쟁터를 누비며 적들을 물리치던 그 씩씩함과 용맹함은 이제 억제하여 예로써 낭군을 섬기어라. 어려서 부모를 잃고 마음에 쌓았던 한과 그리움일랑 그만 풀어 버리고 부디 건강히 지내기를 기원하노라.

평국과 보국은 편지를 읽으며 흐느꼈다. 그리고 스승의 은혜를 생각하며 하늘을 향하여 절하였다.

한편 천자는 위공과 여공을 궁궐로 불러들여 위공은 초왕에, 여공은 오왕에 봉하면서 많은 비단을 보내고 격려의 인사를 하였다.

"오나라와 초나라 두 나라가 임금을 잃고 정치가 없어진 지 오래되어 백성들의 삶이 고달프니 더 이상 두고 볼 수 없도다. 경들은 급히 가서 왕위에 올라 나라를 잘 다스리라."

오왕과 초왕이 천자의 은혜에 사례하고 물러나 오나라와 초나라로 길을 떠날 때, 계월과 보국이 각각 아비를 이별하여 슬퍼함은 이루 말할 수 없었다.

두 임금이 길을 나서 여러 날 만에 자기가 맡은 나라에 다다르니 문무백관이 모두 나와 예로써 맞이하였다. 두 왕이 즉위하여 나라의 이름을 고치고 정성을 다하여 백성을 보살피니, 온 백성이 임금을 칭송하였다.

이즈음에 승상 보국의 나이 사십오 세로서, 삼자 일녀를 두었으니 모두 아비와 어미를 닮아 충효를 갖추었다. 큰아들은 오나라의 태자로, 둘째 아들은 초나라 태자로 삼고, 셋째 아들은 높은 집안에 장가를 들게 하였다. 아들들은 모두 높은 지위에 올라 임금에게 충성하고

• **호부 상서**(戸部尚書) 호부를 관리하는 으뜸 벼슬아치. 호부는 나라의 인구 수, 공물, 곡식 등을 담당하던 부서의 이름.
• **문무백관**(文武百官) 모든 문관과 무관을 이르는 말.

백성을 어질게 사랑하였다. 천자의 성덕이 세계에 진동하니 시절은 평
화롭고 풍요로워서 백성들은 배불리 먹고 흥겨운 노래를 불렀다. 산
에는 도적이 없고 길에 떨어진 물건조차 누구도 함부로 주워 가지 않
았다. 계월의 자손이 대대로 높은 벼슬을 하며 만세에 이어졌으니 이
렇게 아름답고 기이한 이야기가 세상에 어디 다시 있으리오. 여기 계
월의 삶을 대강 기록하여 세상에 남기노라.

여성 영웅에게서 느끼는 기쁨과 모순

● 《홍계월전》은 어떤 책일까?

《홍계월전》은 19세기 즈음에 한글로 지어진 고전 소설입니다. 현재 남아 있는 원본 《홍계월전》은 대략 십여 종에 이르는데, 모두 직접 손으로 베껴 쓴 필사본과 20세기 초에 근대식 인쇄기가 도입되어 활자로 찍어 낸 활자본입니다. 이 책들은 국립중앙도서관과 대학 도서관 등에 소장되어 있습니다. 고전 소설은 현대 소설과 달리 같은 작품이라도 책마다 내용이 조금씩 다른 경우가 허다합니다. 오늘날처럼 대량으로 인쇄하지 못하고, 목판에 글자를 새기거나 직접 종이에 베껴 써서 책을 만들면서 내용이 조금씩 바뀌었기 때문입니다. 《홍계월전》 원본들도 줄거리는 같지만 세부 묘사에서 조금씩 차이가 납니다. 그래도 다른 고전 소설 작품에 비하면 거의 차이가 없습니다. 《심청전》의 경우, 책마다 내용의 차이가 커 심지어 뺑덕 어미가 등장하지 않는 책도 있으니까요.

　《홍계월전》을 문학적으로 분류하면 '여성 영웅 소설'이라고 합니다. 명칭에서 알 수 있듯이 이는 '영웅 소설'의 하위 범주라고 할 수 있습니다. 그럼 영웅 소설은 어떤 소설일까요? 영웅 소설은 영웅이 등장하여 영웅적인 활약을 펼치는데, 보통 '영웅의 일생'이라는 일곱 단계를 거치는 줄거리를 지니고 있습니다. 여성 영웅 소설은 말 그대로 주인공이 남성이 아니라 여성입니다. 영웅 소설이 인기를 끌자 여성 독자층을 겨냥하여 영웅 소설의 얼개에 여성을 주인공으로 설정하고 여성 독자들의 취향을 반영하여 만든 대중 소설이 바로 여성 영웅 소설입니다.

　하지만 《홍계월전》 같은 여성 영웅 소설이 단순히 영웅 소설을 흉내 낸 아류작이라고만 볼 수는 없습니다. 여성 영웅 소설에는 《홍계월전》 말고도 상당히 많은 작품이 있습니다. 우리에게 친숙한 《박씨전》을 비롯하여 《이대봉전》, 《옥주호연》, 《정수정전》, 《방한림전》 등이 모두 여성 영웅 소설이지요. 수십여 종에 이르는 여성 영웅 소설의 인기는 이 작품들이 영웅 소설만으로는 담아 낼 수 없었던 독자들의 욕망을 충족시켜 주었음을 증명합니다. 더구나 《홍계월전》처럼 활자본으로까지 출판된 작품은 그 완성도나 흥미 면에서 상당히 높은 경지에 있었음을 추측할 수 있습니다. 과연 《홍계월전》 같은 여성 영웅 소설은 어떻게 해서 등장했으며, 《홍계월전》의 재미는 무엇이었는지 구체적으로 알아보겠습니다.

● 《홍계월전》이 나오기까지

《홍계월전》은 전쟁터에 나가서 큰 공을 세우고 영웅으로 출세하는 여성의 삶을 그리고 있습니다. 이러한 여성 영웅은, 여성에게는 오로지 가정에서의 삶밖에 허용되지 않았던 당시의 현실에서는 불가능한 존재입니다. 하지만 이렇게 비현실적인 존재를 주인공으로 내세운 소설이 만들어지고 인기를 끌었던 데에는 그러한 여성을 보면서 만족감을 느꼈던 독자들이 자리 잡고 있었습니다. 과연 여성 영웅 소설이 출현하기까지 어떠한 사회적·문학적 배경이 있었는지 살펴보겠습니다.

조선 사회에서 여성의 삶은 이른바 '삼종지도(三從之道)'라는 말로 요약될 수 있습니다. '시집가기 전에는 아버지를 따르고, 결혼해서는 남편을 따르고, 남편이 죽은 뒤에는 아들을 따르는 것이 여성의 올바른 도리다.' 삼종지도는 여성으로 하여금 자기 인생의 주인이 되는 것을 허락하지 않습니다. 아버지, 남편, 아들에게 종속되는 인생이 여성이 살아가야 할 삶이라고 가르침으로써 여성의 주체성을 부정하는 것이지요.

여성 영웅 소설의 출현은 이처럼 억압적인 사회 분위기에 금이 가면서 시작되었습니다. 여기엔 몇 가지 요소가 복합적으로 작용했습니다. 먼저 임진왜란과 병자호란 같은 큰 전쟁을 치르면서 조선 사회의 지배 체제에 대한 믿음이 약해졌습니다. 또한 양반 중심의 신분 질서는 상업을 통해 재산을 모은 피지배 계층의 신분 상승 욕구에 의

해 흔들리게 되었고, 이에 따라 신분 질서 전체가 점차 정당성을 잃어 갔습니다.

조선 후기에 새롭게 등장하거나 소개된 사상들은 유교 중심의 사회 분위기를 흔들었습니다. 관념적인 성리학을 비판하면서 학문의 실용성을 강조하는 실학이 등장하였고, 천주교가 수입되어 전통적인 인간관과 윤리관에 의심을 품게 했습니다. 천주교는 신 앞에서 모든 사람은 평등하다고 가르침으로써 신분 제도에 바탕을 둔 조선 사회의 뿌리를 흔들었습니다. 동학 운동은 이러한 분위기가 집단적이고도 구체적인 사회 운동으로 발전한 결과라고 할 수 있습니다. 동학의 '인내천(人乃天)' 사상은 '사람이 곧 하늘이다.'라고 가르침으로써 신분과 성별에 따른 불평등을 부정하였습니다. 여러 차례에 걸쳐 일어났던 동학 운동은 그러한 믿음에 근거하여 조선의 사회 체제를 실제로 바꾸려고 했던 시도라고 볼 수 있습니다.

이처럼 조선 후기에 벌어진 다양한 사회 변화 속에서 여성들도 영향을 받았습니다. 가정에서 가사 노동에만 전념해야 했던 여성들에게 새로운 자의식을 심어 주었고, 남성은 존엄하고 여성은 비천하다는 남존여비의 현실을 답답하게 느끼게 하였습니다. 여성으로 하여금 새로운 자아실현의 욕망을 갖게 했던 것입니다.

하지만 여전히 조선 사회는 남성 중심의 가부장제 사회였고, 그것은 쉽사리 변하지 않았습니다. 이러한 때에 여성들의 새로운 욕망을 대리 만족시켜 준 것이 바로 여성 영웅 소설이라고 할 수 있습니다. 여성 영웅 소설에서 여주인공들은 현실의 여성들과 달리, 과거에 급제하고 전쟁터에서 말을 달려 싸움을 하여 승리합니다. 있을 수 없는 현실이지만, 있으면 좋을 현실이었던 것이지요.

가부장제 사회에 대한 비판 의식이 고조되면서 여성의 자의식이 커 갔던 조선 후기의 사회 변화가 여성 영웅 소설이 등장하게 된 사회적 배경이라면, 여성의 자의식을 인정하였던 옛이야기나 영웅 소설 들은 여성 영웅 소설의 문학적 배경이라고 할 수 있습니다.

이야기는 현실이 아니기 때문에 원하는 것을 얼마든지 꾸며 낼 수 있습니다. 근대 이전의 사회는 대체로 여성보다 남성을 귀하게 여겼지만, 몇몇 이야기들은 이러한 사회 현실을 있는 그대로 반영하기보다는 여성들이 소망하는 현실을 꾸며 내었습니다.

가령, 《바리데기》는 부모로부터 버림받았지만 오히려 부모를 위해 자신을 희생하는 한 여자의 일생을 그리고 있습니다. 그리고 남성과 아버지 중심의 가부장제 사회에서 여성에게 내려진 평가가 정당하지 않고, 여성에게는 그런 제도로써 평가될 수 없는 고귀함이 있다고 말합니다.

《온달전》에서 평강 공주는 월등한 능력을 과시합니다. 평강 공주는 아버지의 명령을 거역하고 약속을 지키기 위해 바보 온달에게 시집을 가고, 바보였던 온달을 고구려의 장수로 만듭니다. 대단한 능력을 지니고 있지만 직접 나서지 않고 남편을 통해 능력을 발휘하는 평강 공주의 모습은 《박씨전》에서 박씨 부인의 모습과 비슷합니다. 《온달전》이나 《박씨전》 모두 여성이 지닌 잠재력에 대해 사회가 무시해서는 안 된다는 점과 여성 스스로 자신의 가치에 대해 자부심을 가져도 좋다고 말하고 있습니다.

옛이야기 〈내 복에 산다〉는 정말 재미있습니다. 옛날 어느 정승이 딸들을 불러다 놓고 누구 복에 먹고 사느냐고 물었더니, 막내딸만 자기 복에 먹고 산다고 대답했습니다. 화가 난 정승은 막내딸을 숯쟁이에게 시집보내지요. 막내딸은 자기 남편인 숯쟁이가 일하는 곳에 갔다가 숯가마에 있는 돌이 모두 황금인 것을 알고 그걸 팔아 부자가 되었습니다. 이걸 알게 된 정승도 결국 막내딸이 자기 복에 산다는 걸 인정하지 않을 수 없었습니다. 〈내 복에 산다〉는 여성이 남성에게 종속된 존재가 아니라 독립적인 존재임을 드러내고 있습니다.

《바리데기》, 《온달전》, 〈내 복에 산다〉 같은 이야기들은 입에서 입으로 전해지거나 책에 기록되기도 하면서 오랫동안 전해졌습니다. 사람들이 이런 이야기를 좋아했던 까닭은 여성의 자의식에 대한 욕망이 반영되어 있기 때문이지요. 그리고 이런 이야기 전통 아래 조선 후기에 여성 영웅 소설이 등장할 수 있었습니다. 여성에 대한 새로운 시각이 영웅 소설의 형식을 빌려서 보다 구체적인 이야기로 펼쳐졌던 것입니다.

하지만 여성 영웅 소설들 속에서도 여성에 대한 시각은 일정하지 않았습니다. 어떤 작품에서는 여주인공이 전쟁에서 승리하여 영웅으로 등극하지만, 나중에 여성임이 드러나자 모든 지위에서 물러나 다시 평범한 여성으로 살게 됩니다. 아무리 능력이 뛰어나도 결국 여성이 돌아가야 할 자리는 가정에 있다고 확인하는 것이지요. 《이대봉전》이나 《옥주호연》 같은 작품이 그 예입니다. 《홍계월전》은 이와 다릅니다. 전쟁에서 승리한 홍계월은 여자임이 탄로 나고 나서도 결코 대원수의 지위에서 물러나지 않습니다. 오히려 남편인 여보국을 골탕 먹이고 무릎을 꿇리기까지 합니다. 여성이 남성보다 우월한 지위에 오를 수 있고, 그것이 정당하다고 주장하기까지 합니다. 이런 식으로 여성을 평범한 주부의 자리로 돌려보내지 않는 작품으로는 《홍계월전》을 비롯하여 《정수정전》이나 《이학사전》 등이 있습니다.

여성 영웅 소설 《홍계월전》은 결국 여성의 자의식이 점차 고조되던 조선 후기에, 여성의 존재에 대한 고민을 담고 있었던 옛이야기의 전통과 영웅 소설의 양식이 만나면서 출현했습니다. 여성 영웅 소설이 인기를 끌었던 까닭은 답답한 현실에 대한 도피처로서 여성 영웅 소설이 제 역할을 충분히 해 주었기 때문이라고 할 수 있겠지요.

◉ 《홍계월전》은 남성 영웅 소설과 어떻게 다를까?

영웅 소설을 모방하였으니 《홍계월전》은 영웅 소설과 대단히 비슷합니다. 한 개인이 고난을 딛고 성장하여 나라를 큰 위기에서 구함으로써 영웅의 자리에 오른다는 기본 줄거리가 같은 것입니다. 이런 줄거리는 '영웅의 일생'이라는 형식으로 보다 구체화되었는데요, '영웅의 일생'은 많은 영웅 소설에서 공통적으로 발견되는 이야기 형식이라고 할 수 있습니다. 이는 일곱 단계로 이루어져 있는데요, 《홍계월전》에서 각 단계가 어떻게 나타나고 있는지 확인해 보겠습니다.

첫째, 영웅은 고귀한 혈통을 지녔습니다. 홍계월은 이부시랑이었던 홍무의 딸이었습니다. 평범한 사람이 아니라 높은 벼슬아치의 후손이지요.

둘째, 비정상적으로 태어납니다. 홍계월의 어머니는 선녀가 내려오는 태몽을 꾸었고, 해산할 때엔 선녀가 내려와 도왔습니다.

셋째, 어렸을 때부터 비범한 재능을 보입니다. 홍계월은 어렸을 때부터 매우 영리하여 하나를 배우면 열을 깨우쳤지요.

넷째, 어렸을 때에 죽을 위기를 겪습니다. 홍계월은 다섯 살 때에 부모와 헤어져 강물에 던져졌습니다.

다섯째, 양육자에게 구출되어 도움을 받습니다. 강물에 빠진 홍계월은 여공에게 구출되어 평국이라는 이름으로 길러집니다.

여섯째, 커서 다시 위기에 놓입니다. 오랑캐가 침입하여 나라 전체가 곤란을 겪게 됩니다.

일곱째, 투쟁에서 승리하여 영웅의 자리에 오릅니다. 홍계월은 대원수로 출전하여 오랑캐를 물리치고 헤어졌던 부모와 다시 만나게 됩니다.

어떻습니까, 《홍계월전》의 줄거리에서 '영웅의 일생'이 확인되지요? 이처럼 홍계월의 일생이 영웅 소설에서 발견되는 영웅의 일생과 일치하기에 《홍계월전》은 영웅 소설로 인정받고 있습니다. 하지만 《홍계월전》은 영웅 소설이면서도 남성 영웅 소설과는 다른 면모를 보이고 있습니다. 평국이 실은 여성임이 탄로 난 뒤부터 영웅 소설에는 없었던 새로운 갈등이 펼쳐집니다. 바로 이 대목이 《홍계월전》의 진짜 재미라고도 할 수 있습니다.

대원수 평국이 겪게 되는 갈등의 핵심은 이제 여성으로 돌아가야 하는 평국에게 가정에서의 삶이란 무엇인지 드러내는 과정이라고 할 수 있습니다. 평국은 이미 대원수의 벼슬에 있었고, 그의 능력은 남편이 될 보국보다 월등했습니다. 심지어 시부모조차도 평국의 지위와 위엄을 두려워할 정도였습니다. 자, 이런 평국이 자신이 그간 이루어 낸 모든 것을 포기하고 다시 평범한 여자로 돌아가서 살아야만 하는 것일까요? 위대했던 영웅이라도 여자임이 밝혀지면 모든 것이 부정되고 쓸모없어지는 것일까요? 이런 물음들은 결국 여성의 존엄과 자아실현을 어디까지 인정해야 하는지를 묻고 있습니다. 그리고 이런 물음들은 남편 보국과의 갈등 속에서 해답을 찾아 갑니다.

평국과 보국이 애초부터 갈등하였던 것은 아니었습니다. 곽 도사에게 배울 때부터 평국은 보국보다 뛰어났고, 과거에서도 평국이 더 우수한 성적으로 합격했지만 둘 사이에는 갈등이 없었습니다. 오히려 대원수 평국은 중군장인 보국을 위험에서 구출하기도 하고, 이런 평국을 보국은 잘 보좌하였습니다. 이러던 두 사람이 갈등하게 된 것은 부부로서 인연을 맺게 되면서부터입니다.

보국은 자신의 오랜 친구이자 군대에서의 상사이기도 한 평국일지라도, 이제는 자신의 아내가 되었으니 오로지 평범한 아내의 도리를 해야 한다고 믿고 있습니다. 보국은 평국에게, 아니 계월에게 오직 사회가 인정하는 '여성으로서의 삶과 도리'에 충실할 것을 바라고 있습니다. 하지만 평국은 그렇지 않지요. 처음 결혼 소식을 들었을 때에 평국이 말하는 장면을 보겠습니다.

> "소녀의 소원은 평생 동안 부모님 슬하에서 지내다가, 부모님 돌아가시면 저도 죽어 다시 남자가 되어 공자와 맹자의 행실을 배워 다시 이름을 날리는 것이었습니다. 그러나 이미 근본이 탄로 났고, 천자의 명령도 이와 같습니다. 또한 부모님 슬하에 다른 자식이 없어 조상의 제사 또한 모실 수 없습니다. 자식이 되어 부모의 말씀을 어찌 거역하오며, 천자의 명령 또한 어찌 거역하오리까? 천자의 말씀을 좇아 보국을 섬겨 여공의 은혜를 만분의 일이라도 갚고자 하오니, 아버님은 천자께 이런 사연을 아뢰어 주십시오."
> 말을 마치자 계월의 눈에서 눈물이 그렁거리다가 툭 떨어졌다. 계월은 남자 못 됨을 한탄하였다.

평국이 보국과 결혼하는 까닭은 그것이 부모의 말씀이고, 천자의 명령이고, 또한 자신을 길러 준 여공에게 은혜를 갚는 길이었기 때문입니다. 하지만 그것은 자신의 모든 것을 부정해야만 하는 슬픈 일이었기에 평국은 눈물을 흘리게 됩니다. 그리고 결혼 생활에 대해 생각이 달랐던 평국과 보국 두 사람 사이의 갈등은 점차 고조됩니다.

첫 번째 갈등은 군례 사건입니다. 결혼하기 전 마지막으로 대원수로서 군례를 받아보고 싶다는 평국의 소원을 천자가 들어줍니다. 평국은 대원수로서 모든 부하를 불러 모았고, 여기에 보국이 지각을 하였습니다. 바로 얼마 있으면 결혼을 하게 될 신랑감이었지만, 평국은 보국을 심하게 나무랍니다. 평국은 남편과 부인이라는 사적인 관계보다도 대원수와 중군장이라는 공적인 관계가 더 마음에 들었던 것입니다. 왜냐면 그것이 자신의 진정한 가치를 더 드러내는 것이라고 생각했으니까요. 하지만 이 사건을 통해 결혼 생활에 대한 평국과 보국의 입장 차이가 드러나게 되었고, 보국은 평국을 미워하게 되었습니다.

두 번째 갈등은 보국의 첩 영춘을 평국이 군법으로 처단한 일입니다. 결혼한 뒤 계월이 시부모께 인사를 드리고 나오는데 영춘이 누각에 앉아 계월을 내려다보았습니다. 화가 난 계월은 무엄하다며 당장 군사를 불러 영춘을 군법으로 처단해 버렸습니다. 남편인 보국의 입장에서는 참 괘씸하기 짝이 없는 일이었습니다. 아무리 평국이 대원수라지만 어떻게 함부로 남편의 첩을 죽일 수 있는 것인지 도저히 받아들일 수 없었지요.

사실 이 사건에서 거만한 것은 영춘이 아니라 계월입니다. 영춘은 군사도 아닌데 군법으로 처벌받았고, 영춘의 죄가 정말 죽어야만 하는 것이었는지도 의심스럽습니다. 모두 다 계월이 대원수로서 너무나 자존심이 강했기 때문에 빚어진 일이었습니다. 하지만 보국은 물론이고 시부모조차도 이런 계월을 나무랄 힘이 없었습니다. 결혼하고 나서도 보국의 아내보다는 대원수로서 살아가겠다는 계월의 의지와 시부모와 남편에게 복종하는 아내를 원하는 보국의 입장이 적나라하게 드러나는 사건이었지요. 그래서 이때부터 보국은 완전히 계월을 멀리하게 되었습니다.

세 번째 갈등은 다시 전쟁터에서 평국과 보국이 직접 대결하는 장면입니다. 오나라와 초나라 왕이 반란을 일으키자 다시 평국이 대원수가 되어 출전하였습니다. 무사히 천자를 구출하여 중군장인 보국을 찾아갔는데, 보국은 멀리서 오는 평국을 알아보지 못하였습니다. 그러자 천자가 평국에게 한번 보국과 겨루어 보라고 요구하였고, 평국은 자신의 정체를 감추고 보국과 대결을 하게 됩니다. 물론 승부는 쉽게 갈렸습니다. 평국이 보국의 목덜미를 움켜쥐고 높이 치켜들자 보국은 죽게 되는 줄 알고 평국의 이름을 처량하게 불렀습니다. 보국이 평국의 존재를 인정하는 순간이었습니다. 그리고 이다음부터는 보국이 아내인 평국, 즉 계월을 존중하여 부부는 화목하게 살게 되었습니다.

여성 영웅 소설로서《홍계월전》이 일반적인 남성 영웅 소설과 어떻게 다른지는 작품의 후반에서 확인할 수 있습니다. 일반적인 남성 영웅 소설에서 오랑캐의 침입은 남주인공의 영웅성을 확인하는 계기로만 작용합니다. 그래서 오랑캐를 물리치고 나면 이야기가 결말로 치닫게 됩니다.

하지만《홍계월전》은 다릅니다. 과연 영웅이 된 특출난 여성을 어떻게 대접해야 할지 작품은 다시 탐색합니다. 남편 보국과의 갈등은 계월의 영웅성이 가정의 울타리에 갇혀서 부정되어서는 안 된다는 것을 보여 줍니다. 이러한 특징은 남성 영웅 소설에서는 찾아볼 수 없는 것이고, 다른 여성 영웅 소설과도 구별되는 것입니다.《옥주호연》이나《이대봉전》같은 작품에서 여주인공은 여자임이 탄로 나자 평범한 여성으로 돌아가고, 이에 만족하며 살기 때문입니다.

● 《홍계월전》이 주는 위안과 한계

여성 영웅 소설로서《홍계월전》이 인기를 끌었던 까닭은 이 작품이 많은 여성 독자들에게 위안을 주었기 때문일 것입니다. 그 위안의 실체란 삼종지도를 지키며 억눌려 살아야만 했던 여성들에게, 비록 소설에서지만 마음껏 자아실현을 하는 홍계월의 삶에서 느껴지는 대리 만족감이라고 할 수 있습니다.

홍계월은 과거에 급제하고, 대원수가 되어 전쟁터에 나아가 공을 세웁니다. 평생을 집 안에서 길쌈과 부엌일을 하며 살아야만 했던 여성들은 꿈도 꾸지 못할 일을 홍계월은 해내었습니다. 그뿐입니까. 홍계월은 남편의 첩 영춘을 건방지다며 군법으로 처단해 버렸습니다. 이 일은 옳은 일은 아니었지만, 남편의 첩 때문에 골머리를 앓았던 부인네들에게는 통쾌함을 선사하였을 것입니다. 홍계월이 다시 대원수 평국이 되어 남편 보국의 멱살을 잡고 흔들어서 남편 입에서 자신을 애처롭게 부르는 소리가 나게 한 일은 어떻습니까. 남존여비의 현실과는 완전히 다른 꿈 같은 일이 아닐 수 없습니다. 그것은 상상만으로도 신나고 재미난 일이었습니다. 소설의 재미가 무엇인지 잘 보여 주는 부분입니다.

이처럼 홍계월은 가부장제 사회에서 여성으로서는 할 수 없었던 일을 하였고, 있을 수 없었던 삶을 살았습니다. 그것은 억눌려 살아야 하였던 현실의 여성들을 위로하고 만족감을 주었습니다. 가사 노동이 아닌 더 어렵고 큰일을 해내는 모습을 통해 여성들의 자존감을 높여 주었고, 새로운 사회에 대해 꿈을 꾸게 하였습니다. 이것이 바로 《홍계월전》의 인기 비결이었습니다.

하지만 한편으로 《홍계월전》은 가부장제 사회를 인정하는 한계를 보이기도 하였습니다. 홍계월이 대원수로서 성공했던 것은 오직 '평국'이라는 남성으로서 존재하였을 때였습니다. 계월은 오직 남성의 옷을 입고, 남성처럼 행동할 때에만 인정받을 수 있었습니다. 이것은 달리 말하자면, 사회적으로 성공하려면 남성이 되어야 한다고 주장하는 꼴입니다.

계월은 분명 여성이기에 남성이 될 수 없습니다. 그렇다면 계월의 성공이 진정으로 자아를 실현한 결과라고 말하기 어렵습니다. 그것은 자신의 본래 모습을 부정한 채 다른 인생을 산 것이기 때문입니다. 《홍계월전》은 한편으로는 여성의 성공을 그리고 있지만, 다른 한편으로는 성공은 오직 남성으로서 살아갈 때만 가능하다고 말하고 있습니다. 계월의 성공을 통해 남성의 특권을 인정하는 모순을 보여 주는 것이지요. 그러므로 《홍계월전》은 남녀의 성차별을 제도적으로 보장하는 가부장제 사회의 논리를 정면으로 부정하지 못하게 됩니다. 바로 이런 점에서 《홍계월전》은 한계를 지니고 있습니다.

물론 이것은 《홍계월전》이 조선 후기에 지어졌기 때문에 발생하는 시대적 한계라고 할 수 있습니다. 여성에게 진정한 자아실현이란 무엇인지, 그것은 어떻게 가능한지 등에 대해 《홍계월전》은 근본적인 질문을 던졌고, 획기적인 상상을 보여 주었습니다. 그

것만으로도 《홍계월전》은 우리에게 소중한 작품입니다. 어쩌면 오늘날의 우리도 다른 사람이 쳐 놓은 울타리에 갇혀 남이 하라는 대로 살아가고 있을지도 모르기 때문입니다. 우리에게도 홍계월과 같은 용기가 필요합니다.

함께 읽기
내가 만약 홍계월이라면?

◉ 홍계월은 다섯 살 때 부모와 이별합니다. 아버지는 유배를 가고, 어머니는 도적에게 잡히고, 홍계월은 강물에 던져지게 된 것입니다. 이렇게 비극적인 일이 일어나서는 안 되겠지만, 작품에서는 그것이 홍계월의 운명이라고 곽 도사는 말합니다. 그리고 나중에 이 가족은 다시 만나 영화를 누리게 되지요. 그렇다면 부모와 이별하는 것은 홍계월에게 진정으로 비극이었을까요, 아니면 더 큰 행복을 누리기 위해 거쳐야 하는 과정이었을까요?

◉ 《홍계월전》을 자세히 들여다보면, 같은 사람이지만 '계월'과 '평국'을 구분하여 부르고 있습니다. 어떤 때에 '계월'이라고 부르고, 어떤 때에 '평국'이라 부르는지 확인하고, 왜 그렇게 구분하여 부르는지 생각해 봅시다.

● '평국'이라는 이름은 '나라를 평안히 하다', '보국'은 '나라를 돕다'라는 뜻을 지녔습니다. 이름만 봐도 평국과 보국 중에서 누가 더 재능이 뛰어난지 알 수 있습니다. 왜 두 사람의 이름은 이렇게 지어졌을까요? 만약 여러분이 작가라면 두 사람의 이름을 어떻게 짓고 싶습니까?

● 계월은 보국과 결혼한 뒤, 무엄하다며 보국의 첩 영춘을 군법으로 처결합니다. 이일은 과연 정당했을까요? 친구들과 함께 각각 계월, 영춘, 보국, 그리고 시아버지의 입장이 되어서 이 사건에 대해 의견을 이야기해 봅시다.

◉ 평국은 천자의 요구에 따라 정체를 숨기고 남편인 보국과 싸움을 벌입니다. 보국은 평국을 당해 낼 수가 없었지요. 평국은 여러 차례에 걸쳐서 보국을 꾸짖거나 무안을 주기도 합니다. 과연 왜 그랬을까요? 평국의 입장에서 그 이유를 이야기해 봅시다.

◉ 여러분도 남자라서 불편하거나 여자라서 불편한 것이 있었나요? 아니면 거꾸로 남자라서 유리하거나 여자라서 좋은 경우도 있었나요? 그것은 정당한 것이었나요, 아니면 잘못된 것이지만 어쩔 수 없는 것이었나요? 살면서 남자라서나 여자라서 겪었던 특별한 경험, 그리고 앞으로 겪어야 될 것 같은 일들을 함께 이야기해 봅시다.

참고 문헌

이인경, 〈'홍계월전' 연구〉, 《관악어문연구 17》, 서울대학교 국어국문학과, 1992.

인천대학 민족문화연구소, 《구활자본 고소설전집 16》, 인천대학 민족문화연구소, 1983.

장시광, 〈동아시아의 고전여성문학〉, 《한국고전여성문학연구 제2집》, 월인, 2001.

조동일, 《한국소설의 이론》, 지식산업사, 2004.

조은희, 〈'홍계월전'에 나타난 여성의식〉, 《우리말글 22》, 우리말글학회, 2001.

국어시간에 고전읽기 17

홍계월전, 계집아이에게 사내 옷을 입히면 운명도 알아보지 못할 것이니

1판 1쇄 발행일 2015년 6월 1일
1판 8쇄 발행일 2023년 8월 28일

글 이정원
그림 이수진

발행인 김학원
발행처 (주)휴머니스트출판그룹
출판등록 제313-2007-000007호(2007년 1월 5일)
주소 (03991) 서울시 마포구 동교로23길 76(연남동)
전화 02-335-4422 **팩스** 02-334-3427
저자·독자 서비스 humanist@humanistbooks.com
홈페이지 www.humanistbooks.com
유튜브 youtube.com/user/humanistma **포스트** post.naver.com/hmcv
페이스북 facebook.com/hmcv2001 **인스타그램** @humanist_insta

편집책임 문성환 **편집** 윤무재 **디자인** 김태형 박인규 **본문디자인** 럼어소시에이션
용지 화인페이퍼 **인쇄** 청아디앤피 **제본** 민성사

ⓒ 이정원·이수진, 2015

ISBN 978-89-5862-855-2 44810